G. A. O. Collinschonn, G.A.O. Collinschonn

Jacques Grévin's Tragödie

G. A. O. Collinschonn, G.A.O. Collinschonn

Jacques Grévin's Tragödie

ISBN/EAN: 9783743490963

Hergestellt in Europa, USA, Kanada, Australien, Japan

Cover: Foto ©Andreas Hilbeck / pixelio.de

Manufactured and distributed by brebook publishing software (www.brebook.com)

G. A. O. Collinschonn, G.A.O. Collinschonn

Jacques Grévin's Tragödie

AUSGABEN UND ABHANDLUNGEN
AUS DEM GEBIETE DER
ROMANISCHEN PHILOLOGIE.
VERÖFFENTLICHT VON E. STENGEL.

LII.

JACQUES GRÉVIN'S TRAGÖDIE „CAESAR"

IN IHREM VERHÄLTNISS ZU

MURET, VOLTAIRE UND SHAKESPERE

VON

G. A. O. COLLISCHONN.

MARBURG.
N. G. ELWERT'SCHE VERLAGSBUCHHANDLUNG.
1886.

Der Enthusiasmus, der der Stempel der Zeit der Reformation und der Renaissance ist, hat, vorzüglich in Frankreich, im sechzehnten Jahrhundert eine Reihe von Dichtern erzeugt, welche die Befähigung zum Dichterberufe zum Theil lediglich ihrer Begeisterung für die Alten und dem eifrigen Studium derselben verdanken. So sehen wir viele junge Männer der Zeit, wie Antoine de Baïf, Jodelle, La Péruse, Jacques de la Taille, Grévin, noch während ihres Collegienbesuches, so lange sie noch in innigster Verbindung mit den Alten stehen, ergriffen von dem Geiste des Grossen, das ihnen in den Schriften des Alterthums entgegentrat, getrieben gleichzeitig von dem Wunsche, vaterländische Sprache und Literatur zu derselben Höhe, wenn nicht gar darüber hinaus, zu erheben, sich mit hoher Begeisterung und einem gewissen Selbstbewusstsein der Dichtkunst ergeben. Aber diese Begeisterung konnte sie nur bis zu einem gewissen Punkte tragen, zumal in bestimmten Dichtungsgattungen, die eine andere Reife des Dichters, als sie diese jungen Leute besassen, und eine andere Reife des ganzen Zeitalters verlangen, als diejenige des sechzehnten Jahrhunderts war, dem sie angehörten. Wir meinen vorzüglich das Drama, dessen Produktion sich hier ein erst entstehendes, in den Anfängen seiner Entwickelung begriffenes Zeitalter, insofern es vollständig mit mittelalterlicher Tradition zu brechen bemüht war, zur Aufgabe stellte, und zwar in der von einer hohen, fremden Kultur organisch entwickelten Form, deren Bildungsprinzip man nicht begriff und nicht begreifen konnte. Es ist natürlich, dass man so mit den Nachahmungen weit hinter dem Vorbilde zurückblieb, und dass diese von einer aufgeklärteren Kritik, vom rein ästhetischen Standpunkte aus beurtheilt, alsbald bei Seite geschoben und als der Vergessenheit würdig verdammt wurden. Der heutige Literarhistoriker muss diese literarischen Erzeugnisse jedoch wesentlich anders beurtheilen. Als Glieder in der Entwickelungsgeschichte der französischen Literatur sind sie ihm von der höchsten Wichtigkeit, welches auch immer ihr ästhetischer Werth sein mag. Einzelne dieser Dichter werden aber noch dadurch interessant, dass sie Dichtern späterer Jahrhunderte theils Anregung gaben, theils direkt als Modelle dienten, und gerade in dieser Beziehung ist das sechzehnte Jahrhundert, welches eine Fülle neuer Stoffe in Bearbeitung nahm, eine reiche Fundgrube, und es sind noch lange nicht alle Fäden klar gelegt, welche vorzüglich das siebzehnte und achtzehnte Jahrhundert in Frankreich mit der Renaissanceperiode verbinden, die ihrerseits ihre hauptsächlichste Nahrung aus dem Alterthume zieht, und so ein Bindeglied zwischen dem Alterthume und den ihr folgenden Jahrhunderten, auch in stofflicher Beziehung, wird. So sind gewisse Stoffe, theils nach dem Vorgange der Alten erneuert, theils aus der alten Geschichte geschöpft, von der Renaissance-Literatur behandelt worden, welche seitdem nicht wieder aus der Literatur geschwunden sind und in jedem folgenden Zeitalter von Neuem zu ihrer Bearbeitung gereizt haben. Ein solcher Stoff ist das letzte Aufflackern der republikanischen Thatkraft in der römischen Geschichte und das tragische Ende Julius Cäsars. Der Stoff wurde in französischer Sprache zuerst von einem jener jugendlichen Renaissancedichter, Jacques Grévin*), behandelt, und wir haben uns in der vorliegenden Arbeit bemüht,

---

*) Jacques Grévin, der einen Platz in der Literaturgeschichte seines Landes vorzüglich seinen dramatischen Arbeiten verdankt, gehört zu jener Gruppe von Dichtern, die als unmittelbare Nachfolger Jodelles und Fortsetzer seines dramatischen Verfahrens in den Jahren 1558 bis 1568 schrieben. Er ist 1538 in Clermont geboren. Die Jahreszahl ergiebt sich mit Gewissheit aus dem Titelblatte der Ausgabe des »Theâtre de Jacques Grévin« von 1561. Paris, Vincent Sertenas. Es findet sich da das Porträt des Dichters mit den Worten: »Agé de 23 ans«. Sein eigentlicher Beruf war

die Fäden aufzudecken, welche ihn sowohl an seine Vorgänger als an seine Nachfolger knüpfen, und glauben in Bezug auf sein Verhältniss zu Voltaire zu neuen und interessanten Feststellungen gekommen zu sein.

I.

Die Tragödie „César" in ihrem Verhältniss zu Murets „Julius Caesar."

In der Geschichte des Dramas haben sich zwei Auffassungen von der Art und Weise, in der das Schauspiel auf den Zuhörer wirken soll, geltend gemacht. In dem einen Falle ist die Wirkung eine direkte von den handelnden Personen zu dem Zuschauer, der Zuschauer lebt in den Personen, welche auftreten, und macht, indem er das Seelenleben vorzüglich der Hauptpersonen in dem Augenblicke der Vorstellung in allen seinen Wandlungen und Phasen persönlich mit durchlebt, den psychologischen Reinigunsprozess durch, den jede seelische Erregung im Menschen hervorbringt. Dieser Reinigungsprozess, diese Seelenübung, wenn ich das Wort bilden darf, ist dann der letzte Zweck des Dramas selbst.

Im zweiten Falle ist die Wirkung eine mehr indirekte, eine Einwirkung. Der Zuhörer steht ausserhalb der handelnden Personen, als Zuschauer der Vorgänge, indem er gleichsam die Stelle des Chors bei den Alten einnimmt. Er nimmt Theil an

---

der eines Arztes. Er machte seine Studien in Paris, wo er nach dem »Dictionnaire historique de la Médecine, par Dezeimeris« am 16. März 1565 den Doktorhut erhielt. Später war er Leibarzt der Margarethe von Savoyen und stand bei ihr in so hoher Achtung, dass sie ihn in den wichtigsten Dingen als Berather heranzog und nach seinem Tode, der 1570 in Turin erfolgte, ihn ehrenvoll bestatten liess und für seine Frau und Tochter Sorge trug. (Cf. Goujet: Bibl. franç. vol. XII p. 154.)

dem Geschehenden als mitfühlender Zuschauer der Thaten und Leiden Anderer, die dargestellten Affekte lassen in seiner eigenen Seele eine Saite anklingen, erregen auch in ihm gewisse Affecte, die jedoch nicht nothwendig die dargestellten sein müssen. Während im ersten Falle der Stoff und der Zuschauer sich identifiziren, tritt im zweiten Falle der Dichter als Vermittler zwischen den Zuschauer und die Vorgänge auf der Bühne. Es fällt dem Dichter die Aufgabe zu, durch die Art und Weise, wie er seinen Stoff ansieht und behandelt, auf das Publikum einzuwirken und es dadurch zu Gemüthsbewegungen hin und durch Gemüthsbewegungen hindurch zu führen. Eine Abart dieses Verfahrens ist es, nicht sowohl Gemüthsbewegungen im Zuschauer wachzurufen, als dem Publikum allgemeine Ideen zu unterbreiten und einzuimpfen, wie es die meisten von Voltaires Tragödien sich zur Aufgabe machen.

Zur Lösung der Aufgabe, die dem Dichter im zweiten Falle gestellt wird, und dieser interessirt uns hier allein, da er die spezifisch französische Auffassung vom Wesen des Dramas und speziell der Tragödie darstellt, stehen demselben drei Mittel zu Gebote. Erstens ist eine geschickte Wahl des Stoffes erforderlich, der die vom Dichter angestrebten Gemüthsbewegungen nahelegt. Zweitens muss der Dichter die Gelegenheit wahrnehmen, allgemeine Regeln und Ratschläge zum Nutzen des Zuhörers aus dem Drama zu abstrahiren. Das dritte und hauptsächlichste Mittel jedoch ist der Vortrag des Stoffes durch den Dichter, die Form, die er, als die wirksamste zur Hervorbringung der Seelenaffekte in seinem Publikum, wählt. Hieraus entspringen denn auch die drei wesentlichsten Charakterzüge der französischen Tragödie überhaupt und speziell der des 16ten Jahrhunderts. Erstens, die klar ausgesprochene Tendenz eines Stückes, die sich bei jedem sofort in der Wahl des Stoffes zeigt, der deshalb meist ein sehr einfacher ist. Zweitens, ihr didaktisch-moralisirend-sentenziöser Charakter, und drittens die ausserordentliche Stelle, welche das oratorisch-psychologisch-deduzirende Element einnimmt. Mit der oratorischen Tendenz hängt dann enge zusammen, was der Franzose »entente de la scène«, »effet scénique« und »coup de theâtre« nennt.

Für die rein formale Seite der Tragödie leitet sich aus dieser Auffassung vom Wesen der Tragödie die symmetrische Eintheilung des Stoffes, die rigurös festgestellte Form her, wie ja eine solche auch für die oratorische Behandlung eines Stoffes in Prosa in der Gestalt der Chrie aufgestellt worden war.

Die Ausdrucksmittel des Vortrages variiren der historischen Entwickelung der Tragödie gemäss. Die Dichter finden erst allmählich die wirksamsten Ausdrucksmittel, und ganze Gruppen von Dichtern bedienen sich in einer Epoche desselben Verfahrens, bis es einem Genie gelingt, einen Schritt vorwärts zu thun. Das primitivste Mittel ist die rhetorische Deklamation, das imponirende Vorführen der Hauptideen in einem hochtrabenden, vollklingenden Stile, und dies ist in der That auch das Verfahren der ersten französischen Renaissancedichter, von Jodelle und seinen Nachfolgern. In einer Zeit der Decadence musste man zu diesem primitiven Mittel zurückkehren. Daher sehen wir es von Seneka angewandt, und Seneka wurde der Dichter, den die Gründer der Tragödie in Frankreich vorzüglich zum Muster nahmen. Die französische Tragödie des 16ten Jahrhunderts ist eminent oratorisch, so sehr, dass oft über dem Bemühen, die höchste oratorische Kraft zu erreichen, vergessen wird, dass dies ursprünglich nur Mittel ist, und man es zum Zwecke erhebt. Dass Grévin an der rhetorischen Tragödie festhielt, ist leicht verständlich, wenn man bedenkt, dass er seine Schule in den Collegien machte, wo die Tragödie sogar als deklamatorische Übung angesehen wurde, dass der Dichter, als er seinen Cäsar schrieb, noch sehr jung war, und dass ihm als Modell die Tragödie eines Lehrers diente, deren Unzulänglichkeiten zu erblicken, ihm schon die Achtung vor seinem Meister erschwerte. Diese Tragödie aber, der Julius Cäsar Murets, war eben ganz in der rhetorisch-deklamatorischen Manier abgefasst.

Grévins Tragödie liegt in 3 Ausgaben vor. Die erste vom Jahre 1561 unter dem Titel: »Le Théâtre de Jacques Grévin de Clermont en Beauvaisis. Paris. Vincent Sertenas.« Die zweite ist ein Abdruck dieser ersten aus dem Jahre 1562. Diese Ausgaben enthalten ausser der Tragödie zwei Comödien und lyrische Gedichte. Eine dritte Ausgabe der Tragödie kam als Separatdruck 1606 in Rouen heraus unter dem Titel: »César, tragédie en cinq actes«.

Unser der Arbeit angefügter Abdruck ist nach dem Exemplar der ed. princ. der Bibl. Ste. Geneviève y. 1131 hergestellt. Die Copie ist zwei Mal in Paris verglichen worden. Wir werden uns in der folgenden Arbeit bei den Citaten auf die laufenden Versnummern dieses Wiederabdrucks beziehen.

Zur leichteren Vergleichung ist auch ein Abdruck von Murets »Julius Caesar« beigefügt, der auf David Ruhnkens Ausgabe Murets: »M. Antonii Mureti opera omnia. Lugduni Batavorum MDCCLXXXIX« zurückgeht. Die Verse sind hier ebenfalls der Bequemlichkeit des Citirens wegen durchgezählt.

Genauere Feststellungen über das Verhältniss, in welchem Grévins Tragödie zu der lateinischen seines Vorgängers Muret steht, sind, obgleich schon die Zeitgenossen des Dichters, auf eine nahe Verwandtschaft beider aufmerksam machten (siehe Grévins eigene Worte weiter unten!) bis jetzt nicht vorgenommen worden. Darmesteter et Hatzfeldt: »Le 16ième siècle en France«, p. 163, begnügen sich damit, die Quelle Grévins einfach anzugeben: »La mort de César de Jacques Grévin, inspirée d'une tragédie de Marc Antoine Muret, marque un progrès sur les œuvres précédentes«.

Die neueste Publikation über die französische Tragödie des 16ten Jahrhunderts: Faguet, »la tragédie française au XVI siècle« p. 122 sagt etwas ausführlicher über Grévins Verhältniss zu Muret: »Confrontation faite, la vérité est que Jacques Grévin n'a pris à Muret que sa composition, qu'à vrai dire il suit pas à pas. En bon élève, il a pris la tragédie de l'illustre professeur comme une matière, mais il la développe avec un talent qui met son œuvre bien au-dessus de l'œuvre primitive. Ce qui manque précisément à l'ouvrage élégant de Muret, c'est l'invention et le souffle. Grévin a une abondance, de bon aloi souvent, et un mouvement plein de feu, qui font de sa pièce le premier modèle vraiment important de la tragédie oratoire.«

Grévin selbst will so viel nicht zugeben. In der Vorrede zu seiner Tragödie weist er die Anklage zurück, welche gegen ihn erhoben worden war, er habe dieselbe dem Lateinischen des Muret entliehen, gibt aber dann höflich zu, wenn überhaupt etwas Lobenswerthes an seiner Tragödie sei, so verdanke er dies dem Muret, der sein Lehrer gewesen sei. Die Stelle lautet folgendermassen:

»Mais revenons à nostre Tragedie de Jules Cesar, laquelle nous avons mise en avant en nostre langue, non que je l'aye empruntee, comme quelques uns se sont faict accroire, estimans que je l'eusse prise du Latin de Marc Anthoine de Muret. Car là ou elles seront confrontees on trouvera la verité. Je ne veux pourtant nier que s'il se trouve quelque traict digne d'estre loué, qu'il ne soit de Muret, lequel a esté mon precepteur quelque temps es lettres humaines, et auquel je donne le meilleur, comme l'ayant appris de luy.«

Eine genaue Vergleichung der beiden Tragödien wird das richtige Verhältniss, in welchem dieselben zu einander stehen, feststellen. Faguets Urtheil, welches der Wahrheit weit näher kommt, als Grévins eigene Worte, wird doch nach zwei Seiten hin zu berichtigen sein.

Grévin hat allerdings die Composition Murets in ihren Hauptzügen benutzt, jedoch folgt er ihr keineswegs »pas à pas«. Er erlaubt sich vielmehr Veränderungen daran vorzunehmen, neue Personen einzuführen, den Stoff in seiner Weise auf die Akte zu vertheilen, Scenen des Muret zu übergehen und neue an deren Stelle zu setzen. Andererseits ist es nicht richtig, wenn gesagt wird, Grévin habe nur die Composition Muret entlehnt, er hat im Gegentheile, wie wir sehen werden, den Text Murets bedeutend geplündert.

Eine hervorragende Verschiedenheit weist ferner die Grundidee, die Tendenz der beiden Tragödien auf.

Grévin mag wohl ungefähr folgendermassen bei der Abfassung seiner Tragödie verfahren sein. Die Anregung und Inspiration zu seiner Arbeit ward ihm durch Murets Tragödie. Er suchte aber dann dessen Quelle, Plutarch, selbst auf und studirte diesen. Dass Grévin auf Plutarch selbst zurückging, ergibt sich aus drei Stellen seiner Tragödie, wo er über Muret hinausgehende Daten gibt. Es sind folgende Stellen: Im ersten Akte Vers 194 bringt Mark Anton ein Détail, welches sich bei Muret nicht findet: »Non, non n'estimez rien, n'estimez rien la foy Que je vous juray lors, que sortant d'Italie En habit desguisé, au dangier de ma vie Je m'en allay vers vous, vous monstrant le moyen De domter aisément ce peuple Italien«. Die Parallelstelle bei Plutarch: Antonius Cap. V.

Im vierten Akte Vers 895—916 findet sich eine detaillirte Erzählung des Boten von Cäsars Tod, wovon im Muret nichts steht. Bei Plutarch: Brutus Cap. XVI u. XVII und Julius Cäsar Cap. LXV u. LXVI. Im fünften Akte Vers 1057 ff. endlich hat Grévin die Rede Mark Antons an die Bürger hinzugefügt. Entsprechend bei Plutarch Antonius Cap. XIV und Brutus Cap. XX.

Ferner ist zu bemerken, dass Muret nur Plutarchs Biographie von Cäsar herangezogen hat, während Grévin auch die von Brutus und Antonius benutzte, denn die Leichenrede des Antonius wird in der Biographie Cäsars nicht erwähnt.

Muret hatte, von den Tendenzen seiner Zeit getragen — wir brauchen nur an Etienne de la Boëtie's »Discours sur la servitude volontaire« zu erinnern —, in seiner Tragödie die republikanische Idee verherrlicht. Grévin durch das vergleichende Studium von Plutarchs Cäsar, Antonius und Brutus tiefer in das Verständniss der Geschichte eindringend, hält zwar auch noch an dem Lobe der republikanischen Tugenden fest, führt uns aber doch den Sieg des monarchischen Prinzipes vor.

Die Tendenz von Murets Tragödie resumirt sich in den Worten der Mörder Cäsars Vers 477: »Scandamus arcem. Roma tandem libera est«, die Tendenz von Grévins Stück in den drei Versen, die Mark Anton gegenüber Cäsar in den Mund gelegt sind. Vers 190:

»Comme vous estes seul cause de sa grandeur«
und Vers 169 f.:
»Là où tout le pouvoir de ce peuple Latin
»Se verra pour jamais de César le butin.

Nach diesem neuen leitenden Gesichtspunkte suchte Grévin seine Tragödie zu gestalten, indem er dabei aus Muret herüber nahm in Bezug auf Gedanken und den Gang der Handlung, was ihm verwendbar schien und was seinen neuen Plan nicht störte.

Wie Grévin den der Tragödie Murets zu Grunde liegenden Hauptgedanken umgestaltet und den Schwerpunkt der Tragödie vollständig dadurch verlegt hat, lässt sich am besten durch eine Analyse und Vergleichung der Hauptpunkte der beiden Stücke zeigen.

Im I. Akt gibt Muret eine Einführung in die allgemeine Sachlage zur Zeit, als das Drama anhebt, und zwar durch den Mund Cäsars, der ein Räsonnement daran knüpft. Zugleich wird eine Andeutung von der Intrigue gegeben, die sich anspinnt, indem Cäsar der Warnungen der Seher und seiner Freunde vor geheimen Feinden erwähnt, aber die Furcht als Cäsars unwürdig zurückweist.

Der Chor philosophirt über die Unbeständigkeit des Schicksals und weist dieselben an Beispielen der römischen Geschichte nach.

Im II. Akt spinnt sich die im ersten angedeutete Intrigue weiter. Brutus tritt auf und entschliesst sich in Folge eines Räsonnements, indem er die Pflicht, welche ihm die Sorge um das Wohl seiner Mitbürger auferlegt, der Pflicht der Dankbarkeit für Cäsars Wohlthaten gegenüberstellt, zur Befreiung seines Vaterlandes von der Gewaltherrschaft. Cassius tritt hinzu, frohlockend, dass der Tag gekommen sei, an welchem der Tyrann fallen solle. Brutus weist die gleichzeitige Ermordung des Antonius zurück, die Cassius vorschlägt. Sie trennen sich, um die Vorbereitungen zur That zu treffen.

Der Chor preist die Liebe zum Vaterlande und die Aufopferung für die republikanische Freiheit, wie sie Harmodios geübt.

Der III. Akt bringt keinen Fortschritt. Calpurnia erzählt der Amme ihren Traum und die Befürchtungen, die sie daran knüpft. Die Amme tröstet sie und fordert sie auf, den Göttern zu opfern. Calpurnia nimmt sich vor, Cäsar vom Besuche des Senats zurückzuhalten.

Der Chor bittet um die Gunst der Götter zum Lupercalienfeste.

Der IV. Akt bringt den Höhepunkt der Krisis. Cäsar gibt zuerst den Bitten seiner Gattin, aus der Senatssitzung wegzubleiben, nach, wird aber dann, nach einigem Schwanken, von Dec. Brutus zum Gegentheil überredet, womit sein Schicksal besiegelt ist.

Der Chor spricht sich tadelnd über die Verachtung aus, mit der man dem Rath einer Frau begegne.

Der V. Akt zeigt Cassius und Brutus, die nach Vollendung des Mordes das Volk zur Freiheit aufrufen.

Hier schliesst eigentlich Murets Tragödie der Einheit der Handlung und der ganzen Stimmung und Tendenz des Stückes nach, welches eine Verherrlichung, wenn nicht des Tyrannenmords, so wenigstens der Aufopferung für die republikanische Freiheit ist, wie dies auch deutlich der Chor des zweiten Aktes ausspricht in den Versen: Vers 220 ff.:

»Odit tyrannos Jupiter et favet
»Cum quisquam in illos consilium parat.

Ein die That der Mörder preisender Chor hätte die Tragödie schliessen müssen. Aber Muret musste die Calpurnia noch einmal auf die Bühne bringen und seinen fünften Akt ausfüllen. So erscheint denn Calpurnia in einem zweiten, lose an den ersten angelehnten Theile des fünften Aktes, über den Tod Cäsars wehklagend, und der Chor, in auffälliger Weise sich der Situation anpassend und wenig überzeugungstreu, ja seinem früheren Auftreten gegenüber vollständig aus der Rolle fallend, verflucht die Mörder Cäsars. Hierauf erscheint noch, als theatralischer Schlusseffekt, Cäsars Schatten, der seine Aufnahme in die Reihe der Götter verkündet und die Rache andeutet, die an seinen Mördern genommen werden soll. Ich kann wenigstens diese Schlussscene nicht auffassen wie es Faguet p. 79 thut: »Nous voyons César apporté sanglant prononçant lui-même son apothéose«. Cäsars Schatten selbst spricht es aus, dass er schon unter den Himmlischen weile: Vers 532:

>»Quid caelitum me fletis adjunctum choro?
>»Non luridi me stagna Cocyti tenent,
>»Sed templa caeli .....

Was sollten sonst auch die Worte der Calpurnia Vers 546:

>»Unde, quaeso, vox ad aures ista pervenit meas
>»En, sonum, marite, dulcem vocis agnosco tuae?«

Wenn sie Cäsar leibhaftig vor sich hatte, verlieren diese Worte allen Sinn. Ebenso sind die Worte des Chors Vers 551: »Sunt manes aliquid: cumque diem ultimum adduxit fera mors, est aliquid tamen, quod vitat Libitinam, extractosque fugit rogos«, nur erklärlich, wenn man annimmt, dass Cäsars Stimmme aus dem Reich der Schatten herüberspricht, und der Chor eben daraus die sichere Gewissheit erhält, dass es ein Fortleben nach dem Tode gibt.

Das Stück wird beschlossen durch einen Chor, der in vollkommen friedlicher Weise, ohne Ausblick auf die späteren Ereignisse, ohne Bezugnahme auf die Geschehnisse, welche die Tragödie vorführte, über die Unsterblichkeit der Seele philosophirt.

Sehen wir nun, was Grévin aus dem Stoffe zu machen wusste, den er in Plutarch fand.

I. Akt. Cäsar tritt auf von der Furcht vor dem aufrührerischen Geiste der Römer geängstigt. Er ruft sich seine eigene Grösse ins Gedächtniss, um die Furcht zu verscheuchen, sagt Rom (was für unsere Behauptung wichtig ist), dass es seine jetzige Grösse nur ihm (der das monarchische Prinzip vertritt), verdanke, prophezeit seinen Untergang und verflucht die hypothetischen Mörder. Hier tritt Mark Anton auf, der bei Muret gänzlich fehlt, und zwar tritt er mit allem Recht gleich im ersten Akte auf, da er ja als Träger der Idee Cäsars nach dessen Tode eine Hauptperson des ganzen Dramas ist.

Antonius sucht Cäsar Muth einzusprechen, erinnert an die Dienste, die er demselben geleistet, und verspricht seinen Tod zn rächen. Sie verabreden sich darauf für den Senat. Der aus Soldaten Cäsars gebildete Chor wünscht den Krieg herbei und bezeichnet den Ruhm als den grössten Sporn des Soldaten.

Im II. Akt folgt Grévin vollständig dem Muret. Er führt nur selbständig den Dec. Brutus schon in diesem Akte ein, da er im folgenden eine bedeutende Rolle spielen soll. Sein Thun im folgenden Akte wird schon hier motivirt und so der Akt auch direkt mit dem dritten verbunden.

Brutus tritt zunächst auf und hält sich die Unterdrückung Roms durch Cäsar vor, das Beispiel früherer Tyrannenmörder, die geheimen Aufforderungen seiner Mitbürger, die Tradition seiner eigenen Familie, den Ruhm, den er durch die Wegräumung des Tyrannen erwerben wird. Er entschliesst sich darauf zur That. Es tritt dann Cassius neben Dec. Brutus auf, beide erklären sich bereit, Roms Freiheit an Cäsar zu rächen. Sie verabreden sich für den Senat, nachdem Brutus das Ansinnen, Antonius mit zu tödten, abgewiesen hat.

Der Chor preist Cäsars Macht und Heldenthaten, spricht von den Wechselfällen des Glücks, führt Beispiele aus der Geschichte dafür an und spricht schliesslich Befürchtungen in Betreff von Cäsars eigenem Schicksale aus.

Der III. Akt bringt im Gegensatze zum dritten Akte der lateinischen Tragödie einen Fortschritt der Handlung und führt unmittelbar zur Krise hin. Grévin hat nämlich in seinem dritten Akte Murets dritten und vierten Akt (in dem sich bei Muret die Krise fand), zusammengedrängt. Es tritt zunächst Calpurnia mit der Amme auf und erzählt ihren Traum, darauf kommt Cäsar mit Dec. Brutus hinzu. Calpurnia bittet Cäsar, aus dem Senate wegzubleiben. Dec. Brutus jedoch überredet Cäsar (wie es im vorigen Akte von den Verschworenen bestimmt worden war), zum Gegentheil, und die Krisis erreicht hiermit ihren Höhepunkt.

Der Chor spricht von dem Glückswechsel, dem die Grossen unterworfen seien, von dem Gerücht einer Verschwörung und meint, es sei thöricht, dass Cäsar den Rath der Calpurnia zurückweise.

Der IV. Akt bezeichnet leider bei Grévin keinen Fortschritt. Er enthält nur die Verkündigung von Cäsars Tod, den wir schon im vorhergehenden Akte als unvermeidlich voraussahen. An diese Verkündigung des Mordes schliesst sich aber in demselben Akte nichts an, was die Handlung, dem Grundgedanken der Tragödie nach, ihrem Ziele näher brächte. Die Peripetie und somit ein Fortschritt über die Krise hinaus erfolgt erst im fünften Akte. Im vorliegenden Akte beklagt Calpurnia einfach den Tod ihres Gatten und zieht zich in das Haus zurück. Der Bote verflucht die Mörder; der Chor philosophirt über das Schicksal der Grossen und preist das Loos des Soldaten, für den ein Wechsel der Staatsform gleichgültig sei.

Im V. Akte ist die Handlung um so reicher. Er bringt die Peripetie und löst allerdings den Conflikt nicht vollständig, indem er die Handlung nicht austrägt und zu Ende führt; er bringt aber einen bedeutenden Fortschritt der Handlung und einen klaren Ausblick auf die Ereignisse, die sich zwingend aus der Handlung des Stückes in Zukunft ergeben müssen, die Fortsetzung des Kampfes zwischen dem monarchischen und dem republikanischen Prinzip und die Andeutung, dass ersteres siegen werde, ist wohl deutlich darin enthalten, dass auf die Rede der Mörder hin der Chor in Stillschweigen verharrt (übrigens der Überlieferung Plutarchs gemäss), während die Rede des Antonius mit Beifall aufgenommen wird, und die Soldaten ihm zur Rache folgen.

Der Akt enthält zunächst das Auftreten des Brutus, Dec. Brutus und Cassius und ihre Reden an das Volk, in denen sie Cäsars Tod verkündigen und zur Freiheit aufrufen. Darauf erscheint Antonius, haranguirt ebenfalls das Volk und reisst es mit sich fort. Der Chor kann sich allerdings nicht versagen, noch eine kleine philosophische Betrachtung (nun bereits zum vierten Male) über das Schicksal der Herrscher anzustellen und mit den Worten zu resumiren: Vers 1102: »ceste mort est fatale aux nouveaux inventeurs de puissance royale«, die das Stück schliessen, jedoch keineswegs dessen leitende Grundidee aussprechen.

Der Gedanke, dass Rom die Wahrung seines Ansehens Cäsar verdanke, und dass die monarchische Regierung, als einzig passend, Rom zu beherrschen, die Oberhand behalten müsse, ist an vielen Stellen in Grévins Cäsar ausgesprochen.
So: I. Akt Vers 75 Cäsar:
>»Sçauront après ma mort de combien ma presence
>»Sert pour contregarder leur antique puissance.

ebenda Anton zu Cäsar Vers 190:
>»Comme vous estes seul cause de sa grandeur«.

Im III. Akte der Chor: Vers 870 ff.:
>»Et je crain qu'un mesme soleil
>»Ne l'aist veue un malheur predire
>»Et qu'il ne voye ceste empire
>»Cruellement ensanglanté
>»Sous l'*ombre* d'une liberté.

I. Akt. Antonius: Vers 169:
>»Là ou tout le pouvoir de ce peuple Latin
>»Se verra pour jamais de Cesar le butin,

wo Cäsar generell als Imperator gefasst ist. Ebenda: Cäsar: Vers 205:
>»Advienne qui pourra, quand Cesar sera mort,
>»Quelque Cesar sera le vangeur d'un tel tort.

Im IV. Akt der Bote: Vers 957:
>»Et vous traistres, ingrats, vous ennemis publiques
>»Vous qui resuscitez les *pauvretez antiques*«.

Aus der Analyse der beiden Stücke ersehen wir, dass selbst bei der den Fonds des Stückes betreffenden, die Grundgedanken modifizirenden Auffassung des Stoffes bei Grévin, die Hauptsituationen dieselben bleiben konnten und in der That geblieben sind. Grévin hat den Gang von Murets Tragödie innegehalten und dieselben Situationen in der Entwickelung der geschichtlichen Ereignisse auf die Bühne gebracht, d. h. er hat die ganze

Tragödie Murets mit Ausnahme der letzten Szene, welche die Apotheose Cäsars enthält, in sein Drama aufgenommen. Er hat dann seinem neuen Plane gemäss, an Stelle der gestrichenen Szene die neue Szene gesetzt, in der Antonius das Volk haranguirt, und der Figur des Antonius schon im ersten Akte einen Platz angewiesen. Im vierten Akte liess er ausserdem einen Boten auftreten, der Calpurnia den Tod Cäsars verkündet, und den er bei Muret nicht fand.

Eine Vergleichung betreffend die Vertheilung des Stoffes auf die Akte ergibt:

Akt I und II stimmen bei Muret und Grévin überein. Akt III enthält bei Muret die Szene zwischen Calpurnia und der Amme, Akt IV die Scene zwischen Cäsar, Dec. Brutus und Calpurnia. Akt III und IV Murets sind bei Grévin im Act III zusammengeflossen. Im V. Akte folgt dann bei Muret die Demonstration der Mörder vor dem Volke und die Ankündigung der Todesnachricht bei Calpurnia, während bei Grévin der IV. Akt den Dialog zwischen dem Boten und Calpurnia enthält und der V. Akt die Demonstration der Mörder und die des Antonius.

Bei Benutzung von Murets Text verfährt Grévin auf dreierlei Weise.

Er überträgt erstens wörtlich.

So z. B. im Beginn des II. Aktes Vers 98:

Muret: Quousque tandem, Brute, virtutem tuam dormire pateris.

Grévin: Vers 301. Rome, jusques à quand, jusques à quand sera-ce que tu pourras souffrir.

So im III. Akte Vers 252:

Muret: Dilecta nutrix, quid mihi instet, nescio, sed misellam, mirus invasit timor.

Grévin: Vers 667. Nourrice, je ne scay quel destin me menace, Mais une peur tremblante en ma poitrine efface.

im selben Akte Vers 283:

Muret: Rite conceptis deos, mollire votis, thuruque aris omnibus adolere praestat: non inexorabilis mens est deorum.

Grévin, Vers 716: Il vauldroit beaucoup mieux pour une obeissance Appaiser leur courroux que plorer plus longtemps: Se présenter à eux et avecque l'encens Parfumer les autels des temples honorables: Car, Madame les dieux ne sont inexorables.

und viele solcher Stellen mehr.

Zweitens übersetzt er frei dem Sinne nach:

So z. B. im V. Akte:

Muret, Vers 517: Vobis tellus, vobis aether, vobis deneget unda quietem. Vos ultrices agitent furiae. Una cruentis agitet flagris altera tetro coquat igne genas. Tristes alia objiciat colubras, quae se vestro sanguine pascant.

Grévin: Vers 957. Et vous traistres ingrats, vous ennemis publiques, Vous qui resuscitez les pauvretez antiques, Puissiez-vous à jamais dechassez d'un chascun, Mendiant de secours estre argument commun De toute impiété, puissiez vous par le monde Vivre piteusement la vie vagabonde. Puisse ceste fureur qui arma les Thebains Vous mettre derechef le glaive dans les mains Pour vous entretuer: qu'il ne se treuve Prince Qui vous vueille endurer vivre dans sa province: Que le pouvoir des dieux et leur juste courroux, Pour un si grand mesfaict, redouble contre vous, En puissiez |vous chanter la victoire Cadmee, Captifs en la parfin d'une plus forte armee.

oder Akt I:

Muret: Vers 93. Sic jam nomine sub novo regni forma redit vetus.

Grévin: Vers 206. Quelque Cesar sera le vangeur d'un tel tort.

Drittens gibt er einen bei Muret in kurzen Worten ausgedrückten Gedanken in langer, oft durch Bilder und Vergleiche gezierter Ausspinnung wieder.

So Akt I:

Muret: Vers 2. Et qua resurgens aureis Phoebus comis Indos propinqua subditos tingit face.

Grévin: Vers 527. Soit ceste part où le soleil Retire son beau teinct vermeil Et l'or de sa perruque blonde Hors les bras de la prochaine onde Qui se ridant en mil plis, Ore en oeillets et ore en lis, Et ore en roses vermeillettes Et mille petites fleurettes, Semble qu'elle face l'amour A Phébus le dieu porte-jour.

oder Akt IV:

Muret: Vers 236. Multo ille vitam tutius exigit, quicunque parvis privus in aedibus, nullum timens, nulli timendus pelle sub exigua quiescit.

Grévin: Vers 645 ff. Heureux et plus heureux l'homme qui est content D'un petit bien acquis et qui n'en veult qu'autant Que son train le requiert: las! il vit à sa table Toujours accompagné d'un repos desirable. il n'ha soucy d'autruy l'espoir des grans tresors ne luy va martelant ny l'ame ny le corps: Il se rit des plus grans, et leurs maux il escoute, Il n'est crainct de personne, et personne il ne doute, Il voit les grans seigneurs, et contemplant de loing, Il rit leur convoitise et leurs maux et leur soing: Il rit les vains honneurs qu'ils bastissent en teste, Dont les premiers de tous ils sentent la tempeste, Si le ciel murmurant les voit d'un mauvais oeil accablant tout d'un coup le bonheur et l'orgueil.

Grévin lässt Entlehnungen aus Muret keineswegs immer an ihrer Stelle stehen, sondern schiebt sie gelegentlich an anderen Orten ein, wo sie in seine Tragödie passen.

So ist Muret Akt II Vers 237, Schluss des Chores, bei Grévin Akt III Vers 645 ff. der Calpurnia in den Mund gelegt, Muret Akt I Vers 1 ff., Cäsars Eingangsworte, bei Grévin Akt II Vers 525 ff. im Chor u. s. f.

Die Zahl der von Grévin direkt aus Muret benutzten Verse beläuft sich, wenn man die Chöre aus dem Auge lässt, welche am wesentlichsten bei Grévin verändert sind, auf c. 200. Da nun das Drama 353 Verse zählt, so ist mehr als die Hälfte des ganzen lateinischen Trauerspieles direkt im französischen verwandt. Zieht man die Chöre mit in Berechnung, so ergibt sich die Zahl von c. 250 Versen, welche Grévin theils wörtlich übersetzt, theils umgemodelt im Französischen wiedergibt.

Cf. Muret Vers 1—8, Grévin Vers 525—548;
M. v. 9—12, Gr. v. 117—132; M. v. 15—19, Gr. v. 49—55;
M. v. 19—23, Gr. v. 549 566; M. v. 24—26, Gr. v. 23—39 u. 67—72;
M. v. 47—51, Gr. v. 10—15; M. v. 53—58, Gr. v. 575—585;
M. v. 98—105, Gr. v. 301—309; M. v. 105—107, Gr. v. 341-348;
M. v. 117—123, Gr. v. 325—340; M. v. 127—132, Gr. v. 359—370;
M. v. 135, 136, Gr. v. 313—318; M. v. 145-148, Gr. v. 377—385;
M. v. 157—167, Gr. v. 430—450; M. v. 168—178, Gr. v. 452—468;
M. v. 149-154, Gr. v. 469—475; M. v. 184—195, Gr. v. 508—518;
M. v. 240—245, Gr. v. 625—645; M. v. 245—254, Gr. v. 661—670;
M. v. 254—275, Gr. v. 682-706; M. v. 276—302, Gr. v. 707—735;
M. v. 295—298, Gr. v. 803—818; M. v. 303—305, Gr. v. 735—738;
M. v. 335—339, Gr. v. 747—750; M. v. 344-350, Gr. v. 750—756;
M. v. 350—352, Gr. v. 757—760; M. v. 353—365, Gr. v. 761—778;
M. v. 373, 374, Gr. v. 773—779; M. v. 379—386, Gr. v. 779—794;

M. v. 392—397, Gr. v. 794—797; M. v. 438—441, Gr. v. 1015—1035;
M. v. 445—450, Gr. v. 1035—1037; M. v. 459—463, Gr. v. 1041—1046;
M. v. 466—473, Gr. v. 1047—1054; M. v. 476, 477, Gr. v. 1055, 1056;
M. v. 478—480, Gr. v. 917—921; M. v. 484—488, 490—495,
Gr. 925—940.
Dazu kommen in den Chören: M. v. 88—90, Gr. v. 567—575;
M. v. 93—95, Gr. v. 205, 206; M. v. 224—228, Gr. v. 819—824;
M. v. 232, Gr. v. 825—830; M. v. 237—240, Gr. v. 645—658;
M. v. 405—417, Gr. v. 848—875; M. v. 500—505, Gr. v. 947—956;
M. v. 511, 518—524, Gr. 958—970.

Murets Drama zählt mit Ausschluss der Chöre 353 Verse, Grévins Tragödie 800 Verse, also mehr als das Doppelte. Grévin muss also entweder die Zufügungen, die er selbständig dem Stoffe angedeihen liess, sehr breit vorgetragen haben, oder er muss Murets in knappem Latein niedergeschriebene Gedanken bedeutend ausgeführt haben. Es stellt sich nun heraus, dass die Zufügungen in sehr bescheidenem Umfange gehalten sind. Die Person des Boten bringt als Neues nur die Erzählung, wie die That vollbracht wurde, in nur 28 Versen (Vers 889—916), die Antonius-Szene im fünften Akte nimmt nur 47 Verse in Anspruch (Vers 1057—1113), im ersten Akte bringt die Einführung des Antonius stofflich nichts Neues, da im Ganzen die Ideen, welche Cäsar bei Muret allein ausspricbst, hier einfach dialogisirt werden.

Die Überzahl der Verse kommt also wirklich der Entwickelung der Ideen des Muret zu, d. h. Grévins Stück ist eine rhetorische Entwickelung des schon durch und durch rhetorischen Dramas des Muret. Und zwar ist die interessante Bemerkung zu machen, dass die wirklichen Reden, nämlich die Reden des Brutus, Cassius und Antonius im fünften Akte, sehr kurz gehalten sind. Die drei Reden nehmen nur 74 Verse in Anspruch. Die rhetorischen Breiten finden sich vielmehr im I., II. und III. Akte, wo es sich um die Darstellung des Ideenganges und der Gemüthszustände des Cäsar, Brutus und der Calpurnia handelt, was bei Cäsar und Brutus in langem Räsonnement vor sich geht.

In der That zeigt sich hierin ein bedeutender Mangel an Disposition, und es ergeben sich daraus Unklarheiten in der Entwickelung und dem Fortschritt der Handlung, insofern als das, was als wesentlicher Inhalt die Akte füllen sollte, meist einen ganz geringen Platz einnimmt und oft nur ganz unklar und skizzenhaft angedeutet wird, erdrückt von den unerträglich langathmigen Perioden und breit ausgesponnenen Tiraden der Räsonnements.

So fasst im I. Akte Cäsars Monolog 116 lange Verse, der Dialog, der dasselbe wiederholt, 94 Verse. Das eigentliche Interesse des Aktes und die Motivirung von Mark Antons Auftreten, die Verabredung für den Senat und den Krönungsversuch, werden mit 8 kurzen Versen abgespeist.

Im II. Akte zählt der Monolog des Brutus 125 Verse, die Deklamationen der Verschworenen 73 Verse. Den Hauptvorwurf des Actes hätte die Überredung des Brutus durch seine Freunde und die Verabredung für die That bilden sollen. Dafür hat Grévin leider wieder nur 20 Verse.

Der III. Akt ist überhaupt nur ein Seelengemälde in seinen 100 ersten Versen. Der zweite Theil des Aktes ist dramatisch bewegt.

Im IV. Akte kommen 69 von 96 Versen auf die Darstellung des Seelenzustandes der Personen.

Der V. Akt ist zwar dramatisch bewegt, insofern sich sein Inhalt aus drei vor unseren Augen gehaltenen Reden zusammensetzt, aber er ist desshalb doch nur Deklamation.

Es ist von Interesse, noch festzustellen, was Grévin in Muret nicht benutzt, was er darin verschmäht hat. Wir sehen hier von den Chören ab.

Akt I. Ein Gebet Cäsars, um Aufnahme in den Himmel, das in der That abgeschmackt ist, V. 27—34. Dann eine Aufzählung der praktischen Verdienste Cäsars und die historische Notiz, dass Freunde ihm gerathen, sich mit einer Leibwache zu umgeben, V. 35—46.

Akt II. Die Erwähnung der heldenmüthigen That der Gattin des Brutus. V. 107—117. Erinnerung an die Wohlthaten, die Cäsar dem Brutus erwiesen. Notiz, dass Cäsar die Tribunen amovirt und am Luperkalienfeste die Krone zurückgewiesen. V. 137—145.

Akt III. Alles benutzt.

Akt IV. Die Worte des Dec. Brutus, Cäsar solle dem Senat selbst sein Wegbleiben ankünden, da er den Spott fürchte, als Überbringer. V. 370—379.

Akt V. Die Aufforderung des Brutus an die Bürger, den Leichnam des Cäsar selbst in der Curie in Augenschein zu nehmen, V. 452—458, und die Schlussszene, V. 532—570.

Wie wir sehen, ist es vorzüglich sachliches Detail, was Grévin links liegen lässt. Die Tragödie wird eben immer abstrakter, das Konkrete und die Handlung verflüchtigen sich immer mehr in blossen Reden und Expositionen von Gefühlen und Ansichten.

Sehen wir noch, was Grévin in unabhängig von Muret hinzugefügten Versen behandelt.

Akt I. Exposition von Cäsars Seelenzustand und langes Räsonnement über seine gegenwärtige Lage. Fluch über Rom, falls es seinen Tod verschulde. Disputation mit Antonius, ob Cäsar etwas zu fürchten habe oder nicht, und ob das Volk besser mit Strenge oder mit Milde zu regieren sei. V. 1—10, 15—22, 40—48, 55—65, 73—116, 133—142, 133—210.

Akt II. Ausblick des Brutus auf den Ruhm, den er durch Cäsars Ermordung erwerben wird. Klage, dass er die That nicht schon lange vollbracht. Gegenseitige Aufmunterung der Verschwornen zur That. V. 320—325, 371—376, 385—419, 440—450, 475—507, 519—525.

Akt III. Gemälde des Seelenzustandes der Calpurnia. V. 613—625, 670—680, 738—748.

Akt IV. Seelenzustand der Calpurnia. Erzählung des Boten. V. 875—915.

Akt V. Rede des Antonius. V. 1057—1103.

Die Zusätze betreffen also besonders psychologische und rhetorisch-räsonnirende Elemente. D. h. dieselbe Tendenz, die bei der Ausscheidung sich geltend machte, akzentuirt sich hier bei der Wahl der Zusätze.

Es bleibt noch übrig, einen Blick auf die formale Seite der Tragödie zu werfen.

Es lässt sich erwarten, nachdem wir gesehen, dass 250 Verse Murets bei Grévin auf das Doppelte anschwellen, dass Präzision der Diktion nicht Sache unseres Dichters ist. Gedanken und Sentenzen Murets finden sich bei Grévin nirgends in eine knappere Form gebracht. Oft wird sogar das einfachste technische Mittel dazu, die Begrenzung der Sentenz durch die Verszeile oder durch das Distichon, verschmäht, indem dieselbe nach der Cäsur beginnt und mit der Cäsur endet.

So Akt I Vers 13:

»Il vault bien mieux mourir
»Asseuré de tout point, qu'incessament perir
»Faulsement par la peur;

Akt III Vers 676:

»Nourrice car la crainte est plus impérieuse
»Que le pouvoir d'un Roy:

ebenda:

»Vous savez que la peur
»Ne trouva jamais lieu sinon en petit cueur.

Jedoch ist der »Cäsar« desswegen keineswegs entblösst von »beaux vers«, d. h. einzelnen Versen, die eine Gedankenverbindung oder ein Bild, das dem Dichter sich bietet, in frappantem, konzisem Ausdrucke, oft mit leichtem Anklang an das Wortspiel, wiedergeben. Wir zitieren einige Beispiele:

Vers 7: »César, non plus César, mais esclave de crainte!«
„ 35: »César qu'un chascun craint, ne craint point ce passage!«
„ 108: »Ils font mourrir celuy qui leur donna la vie.«
„ 60: »Arrondissant son heur par la rondeur du monde.«
„ 142: »Que la mort de César soit de Rome la mort.«
„ 438: »Qu'auray tué d'un coup et César et l'empire.«
„ 72: »Un qui a tout vaincu soit vainqueur de soy-mesme.

Auf Erweiterung des Stoffes, den Grévin von Muret herübernimmt, haben wir schon bei Gelegenheit der Besprechung von Grévins Übersetzerthätigkeit hingewiesen und Beispiele dafür angeführt. Es lässt sich dabei ein gewisser Hang zu detaillirter Ausmalung des Bildes, zur deskriptiven Poesie bemerken.

Hervorzuheben ist, dass, wie auch aus unserer Übersicht der Zusätze Grévins dem Muret gegenüber hervorgeht, unser Dichter ein grosses Gewicht auf die Darstellung der Affekte legt und ihnen vor dem blossen Räsonnement mehr zu ihrem Rechte verhilft. Und zwar geht er dabei so zu Werke, dass er nicht nur die Leidenschaft beschreibt (was er nebenbei allerdings auch thut), sondern oft auch die Personen aus ihrem Gemüthszustande herausreden lässt, und er findet hier nicht selten eine Sprache, eine Klangfarbe der Worte und eine Bewegung in der Cadence des Verses, die den Zuhörer packt und ihm in der That die Empfindung der redenden Person selbst mittheilt.

So im III. Akte das Gebet der Calpurnia in ihrer Seelenangst um ihren Gemahl: Vers 625.

»O vous dieux familiers, si quelque soing vous tient,
»Et si quelque amitié des hommes vous detient,
»Ou vous peult inciter à estre favorables
»Pour le secours heureux des pauvres miserables
»Ne permettez, bons dieux, que le jour resemblant
»Soit en nostre malheur à ce songe sanglant:
»Ne permettez, bons dieux, en luy quelque puissance
»Et que de l'advenir il face demonstrance!

Von eigentlicher Charakterzeichnung ist natürlich in der Tragödie nicht die Rede, doch macht sich wenigstens eine Abschattirung verschiedener Temperamente geltend. Brutus erscheint in seiner ganzen Haltung als ruhig und überlegt. Wie die Anderen zu rascher That drängen, sucht er ihren Übereifer zu dämpfen. Cassius dagegen ist der Hitzkopf, der sich gleich mit den wilden Worten einführt (Vers 430):

»Je sen mon cueur, mon sang, mes esprits, mon courage Et rompre et bouillonner, et brusler et bondir, Tous conjurans en un, à fin de m'enhardir A espuiser son sang, et de plus grand' audace Et de pieds et de mains l'aborder face à face.«

Er ist es auch, der auf die gleichzeitige Ermordung des Antonius hindrängt, während Brutus diese abweist.

Auffallend ist die Ungleichheit der Sprache in Grévins Tragödie. Sind nämlich die psychologischen und räsonnirenden Partien im höchsten rhetorischen Pathos geschrieben, so ist die Sprache stotternd und oft burlesk-unbeholfen, wo es sich darum handelt, ein einfaches Wort zur Sache zu reden, wo ein wirklicher Dialog mit Meinungsaustausch zwischen den Personen stattfindet. Dafür hatte man eben kein leicht zu kopirendes Vorbild, und so schwankte man denn zwischen einer hohlen und geschraubten Redeweise, die sich nicht selten des Vergleichs oder der Sentenz bedient, um den einfachsten Gedanken wiederzugeben, und einer dem Komödienstyl sich nähernden, flachen Diktion haltlos hin und her. Grévin hat beides versucht, jedoch der letzteren Manier den Vorzug gegeben, und indem er so Passagen vom höchsten Pathos und dem unbeholfensten Konversationsstyl dicht neben einander setzt, der Diktion seiner Tragödie, als Ganzes betrachtet, den Stempel des Unfertigen, Unbeholfenen, Schülerhaften aufgedrückt. Wir zitiren einige Beispiele seines Conversationstyles. Zunächst ein Beispiel des hohlen Pompes. Antonius redet Cäsar im ersten Akte an: Vers 145:

»Mais dites empereur, seul honneur des Romains
»Qui le monde tenez paisible entre vos mains
»Quel désir, quel malheur dedans vous se mutine
»Après avoir rangé tout ce que la courtine
»De ce ciel environne et tout ce qu'Apollon
»Esclaircit aux flambeaux du journalier brandon?

Diese ganze Phrase, um die einfache Frage auszudrücken: »Sagt, was macht Euch nachdenklich?« Daneben im selben Akte aus diesem Pathos direkt in die, selbst als einfache Prosa betrachtet, unbeholfenste Redeweise verfallend, was noch deutlicher hervortritt durch die Worte, mit welchen auf den neuen Gegenstand übergegangen wird, als wollten die auftretenden Personen sagen: »So, jetzt haben wir genug deklamirt, lasst uns jetzt einmal ein vernünftiges Wort reden«: Vers 211:

>Mais laissons ces devis et parlons de l'affaire
>Qui plus que tout cela se monstre necessaire
>Vous allez au Senat.
>   Ja le soleil est hault
>Ce qui me fait haster, puis vous scavez qu'il faut
>S'assembler aujourdhui et que vostre presence
>Est requise surtout.

Wie kindisch klingt dies »ce qui me fait haster« und »vous scavez«.

So Cassius im zweiten Akte, nachdem man sich eben noch in mythologischen Anspielungen ergangen: Vers 508.

>Mais j'ay je ne sçay quoy qui me detient pensif
>N'estes vous pas d'advis que de force pareille
>Nous abordions Antoine.

Dies »mais j'ay, je ne sçay quoy« ist von einer unglaublichen Unbeholfenheit bei einer Feder, der der Bau einer schwierigen Periode mit anscheinender Leichtigkeit gelingt.

Besonders unangenehm berühren so einige Stellen in den Chören, wieder im eigentlichen Dialog:

so im zweiten Akte, Vers 561:

>Mais n'avez vous point souvenance
>De quel cueur, de quelle constance

Dies ist eine Verlegenheitsphrase; ebenso im dritten Akte, Vers 803:

>Soldats j'ay encore souvenance,
>Qu'avez parlé de l'inconstance.

ebenda, Vers 831:

>Soldats tout ce que je propose
>Ne se dit point pour autre chose,
>Sinon . . . . . .

ebenda, Vers 848:

>Si j'ay encore bonne mémoire
>J'ay entendu que les Troyens.

Akt V, Vers 1097:

>Voyez vous bien soldats, encore il me souvient
>De nos propos tenus . . . . . .

Auch sonst finden sich sprachliche Ungeschicktheiten und stilististische Unbeholfenheiten noch häufig und sind bei der Jugend des Dichters leicht erklärlich.

Akt III, Calpurnia Vers 621:
»L'air m'est tout ennuyeux et ne puis retirer
»Le vent en l'estomac pour me faire parler.
ebenda: Cäsar: Vers 757:
»Bien puisque je ne puis appaiser autrement
»Le vouloir obstiné de ce facheux torment
= wenn ich dich nicht auf andere Weise beruhigen kann.

So finden sich durch ihre Unbeholfenheit hässliche Vergleiche, und hier deckt sich mehr oder weniger die sprachliche Unbeholfenheit mit dem Unpassenden des Vergleiches selbst.

Akt III Vers 692:
»Je sen mon cueur estrainct ainsi qu'en une presse.

Akt IV Vers 901:
»Là toujours importun Cimber Tulle s'oppose
»A son chemin feignant luy vouloir quelquechose
»Luy presente un placet et toujours le poursuit
»Tout ainsi qu'un poullain quand le poutre s'en fuit.

Nicht in die Kategorie sprachlicher Unbeholfenheiten und Geschmacklosigkeiten sind übrigens die Fälle zu verweisen, wo Grévin von dem »ventre d'un monument«, von dem »teinct vermeil« und der »perruque blonde« der Sonne, der »courtine du ciel« und dem »ventre des grans eaux« spricht. Es handelt sich dabei vielmehr um jetzt in ihrer Bedeutung veränderte Worte, die aber zu Grévins Zeit hier absolut an ihrer Stelle waren.

Vielleicht haben wir einen Einfluss des lateinischen Originales auf Grévins Styl darin zu erkennen, dass sich die für das spätere französische Drama so charakteristische, wegen der eigenthümlichen Cadence, die dem Ohre schmeichelt, gern verwandte Antithese im Dialoge bei ihm nicht findet, während sie schon Jodelle vor Grévin in seinen Tragödien verwandt hatte. An Gelegenheit, dieselbe anzubringen, fehlte es nicht. So gleich im ersten Akte eine Stelle, wo es sich Jodelle sicher nicht hätte entgehen lassen. Vers 151:

Cés.: »C'est peu d'avoir vaincu, puisqu'il faut vivre en doute
Marc: »Mais s'en peult-il trouver un qui ne vous redoute?

Cés.: »Celuy qu'un chascun craint se doit garder de tous
»Car un chascun voudroit le massacrer de coups
Marc: »Qui voudroit vous garder de régner et de vivre?

Dagegen Jodelle im ersten Akte seiner Cleopatra: »Viollet le Duc. Anc. Théâtre franç. tome IV p. 90:

Cleop.: »Que gaignez-vous hélas! en la parole vaine?
Er.: »Que gaignez-vous hélas, de vous estre inhumaine
Cleop.: »Mais pourquoi perdez-vous vos peines ocieuses?
Char.: »Mais pourquoi perdez-vous tant de larmes piteuses.

Diese Antithesen wiederholen sich bei Jodelle in einer Reihe von Versen.

Grévins Rhetorik bedient sich einer Reihe von Verfahren, die vor ihm Jodelle in derselben Weise in seinen Tragödien angewandt hatte (cf. Ebert, Entw. d. franz. Trag. p. 108). Die wichtigsten wollen wir unter Anführung von Beispielen kurz ins Auge fassen.

Zum Ausdruck starker Leidenschaft oder besonders eindrücklicher Rede wendet er gern die Wiederholung desselben Wortes direkt hinter einander an, und zwar kommt diese Figur so häufig vor, dass es an manchen Stellen den Anschein hat, als sei dieselbe nur ein Lückenbüsser des ungeschickten Reimers. Z. B. Vers 37: je suis prest, je suis prest; Vers 56: et mille et mille testes; Vers 89: et toi pauvre trop tard, trop tard regretteras; Vers 194: non non n'estimez rien, n'estimez rien la foy; Vers 301: Rome jusques à quand, jusques à quand sera-ce; Vers 381: Brute fay aujourd'hui, fay, fay que César meure; Vers 399: Puissent, puissent-ils voir reflorir; Vers 435: je veulx, je veulx cacher; Vers 449: il fault, il fault qu'il meure; Vers 471: ce jour, ce jour heureux; Vers 825: toujours, toujours l'estat; Vers 931: vien vien d'un mesme fer; etc. etc.

Weitgehender ist noch der Gebrauch, den er von der Anaphora macht:

Vers 19: »c'est trop vivre paoureux, c'est par trop vivre en doute
„ 45: »aborder un César qui n'eut jamais haineur
„ 47: »aborder un César, à qui n'est echappee.
„ 390: »quand on dira César fut maistre de l'empire
»qu'on die quant-et-quant Brute le sceut occire

»quand on dira César fut premier empereur
»qu'on die quant-et-quant Brute en fut le vengeur.

und viele Stellen mehr.

Ein drittes Mittel ist die rhetorische Frage, die ermüdend häufig angewandt wird.

So Akt II:

Vers 362: »Fauldra-il donc que Rome abbaisse sous la crainte
»De ce nouveau tyran le chef de sa grandeur?
„ 465: »Que demandez vous plus? voulez-vous davantage
»Puisque vous cognoissez de Brute le courage.

Akt III:

Vers 727: »Car qui est celuy-là qui porteroit envie
»Au pere tant humain de toute la patrie?
„ 729: »Mais qui est celuy là qui fust-il audacieux
»Ainsi que les géans prest d'escheler les cieux
„ 731: »Qui est-il celuy là qui osast entreprendre
»D'affronter corps-à corps ce second Alexandre.

Solcher oratorischen Fragen finden sich im Cäsar an die 30, und sie spinnen sich nicht selten durch eine Reihe hinter einander folgender Verse bis zu einem Dutzend durch.

Grévin liebt ferner die Aufzählung:

Vers 1: »Quel mal va furetant aux moelles de mes os?
»Quel soncy renaissant empesche mon repos?
»Quel presage certain, d'horreur, d'ennuis, de flâme
»D'ennemi et de mort se mutine en mon âme?
„ 430: »Je sen mon cueur, mon sang, mes esprits, mon courage
»Et rompre et bouillonner, et brusler et boudir.

u. s. w. u. s. w.

Ein weiteres Mittel zur Erreichung des Pathos ist die Setzung des Eigennamens oder gar einer Umschreibung an Stelle des einfachen Pronomens. Es findet sich ausserordentlich häufig angewandt. So: Vers 35: César = moi; Vers 9: o premier empereur = moi; Vers 144: Marc Antoine = moi; Vers 210: du dompteur des Gaulois = toi; Vers 335: Brute = moi; Vers 358: celuy qu'on regrette dans Romme = Brutus; Vers 194: Calpurnie = moi; etc. etc.

Sehr zahlreich ist die Anwendung von Sentenzen, und noch häufiger als Sentenzen aufgeputzten Gemeinplätzen, die in den

'Drucken des 16ten Jahrhunderts durch Anführungszeichen besonders hervorgehoben werden. So:

Vers 13: »Il vault bien mieux mourir, asseuré de tout point qu'incessamment perir«.

Vers 171: »La douceur sied bien mieux pour finement combattre Le cueur audacieux d'un peuple opiniastre Car d'autant que lon pense user de cruauté, D'autant en son orgueil se rend-il incité«.

Vers 452: »Car celuy meurt heureux, qui meurt pour sa patrie«.

Ein ergötzliches Beispiel eines für eine Sentenz ausgegebenen Gemeinplatzes findet sich im zweiten Akte, wo Brutus, als Dec. Brutus zu raschem Vollzuge der That drängt, mit philosophischer Miene und tragischem Pathos antwortet:

Vers 475: »Nous l'aurons assez tost, pourvu, que l'ayons bien«.

Citate aus der Mythologie und der alten Geschichte werden mit ziemlicher Freigebigkeit verwandt.

An einigen Stellen nimmt Grévin zur Verstärkung des Eindruckes naturalistische Mittel zu Hülfe:

Akt II:

Vers 409: »Que n'ay-je des quatre ans, faict faire de son cueur
»Un gallion flottant dedans le fleuve mesme
»Que le sang aurait faict delaissant le corps blesme?

„ 432: »à fin de m'enhardir
»A espuiser son sang et de plus grand' audace
»Et des pieds et des mains l'aborder face à face.

„ 447: »Ne doit-il pas vomir sa rage avec le sang
»Par une mesme playe?

Akt III:

Vers 636: »Je sen dans ma poictrine un' humeur qui se plonge
»Aux mouelles de mes os, et puis s'en va glissant
»Tout ainsi qu'un serpent par le corps palissant.

Zwei für die spätere französische Tragödie charakteristische Stellen in Grévin möchte ich nicht unerwähnt lassen:

Akt II, Chor:

Vers 530: Hors les bras de la prochaine onde, Qui se ridant en mille plis Semble qu'elle face l'amour A Phébus le dieu porte-jour«.

Akt III Vers 664 die Amme zu Calpurnia, welche weint:

»Quelle frayeur hélas! vostre beau teinct empire«.

Was die Einheit des Ortes und der Zeit angeht, so sind beide von dem Dichter gewahrt. Auf die Zeiteinheit spielt er selbst im Texte an:

> Vers 455: »Si le soleil levant vous a veu tourmenté
> »Il fault qu'à son coucher il voye liberté.

Die Ortseinheit ist nur auf eine sehr gezwungene Weise gewahrt, indem ein unbestimmter, öffentlicher Ort, etwa vor Cäsars Hause, gewählt ist, auf welchem sich wohl zur Noth die Vorgänge des Dramas abspielen können. Wir finden in den einzelnen Akten folgende Andeutungen darüber:

Im I. Akte tritt Antonius nach Cäsars Monolog mit sich selbst redend auf und ruft, als er Cäsar erblickt, die Worte aus (V. 143): »Hé ne l'est-ce pas ci qui songeart se promene«. Er trifft ihn also zufällig. Am Schlusse des Aktes heisst es (V. 213): »Vous allez au senat«. V. 216: Je feray diligence, allez vous en devant«.

Im II. Akte sagt Cassius, die Hände zu den Bergen Roms erhebend (V. 519): »Tu verras aujourd'huy antique Palatin, Eschine, Saturnale et toy mont Avantin« etc., und Brutus, wie im ersten Akte Cäsar (V. 503): »Je m'en vay au devant (sc. au Sénat)«.

Im III. Akte sagt Calpurnia, nachdem sie der Amme ihren Traum und die Absicht, Cäsar aus dem Senate zurückzuhalten, mitgetheilt (V. 745): »Mais ne le voy-je pas? Si est-ce qu'il me fault arrester de ce pas«. Cäsar ist also auf dem Wege nach dem Senate gedacht.

Im IV. Akte sagt die Amme, nachdem Calpurnia die Erzählung des Boten angehört hat (V. 941): »Madame, entrons dedans, craignant que la furie n'enaigrisse tousjours leur audace enemie, contre vostre maison: n'arrestons plus ici«. Der Akt spielte also wohl vor Cäsars Haus.

Der V. Akt spielt selbstverständlich auf einem öffentlichen Platze, da er die Reden an das Volk enthält.

Versmass. Im Dialoge verwendet Grévin den Alexandriner, im Chor den Achtsilbler, mit Ausnahme des V. Aktes, wo der

Chor als handelnde Person mit auftritt und deshalb auch den Zwölfsilbler annimmt. Es findet ein regelmässiger Wechsel zwischen männlichen und weiblichen Reimpaaren statt. Gegen diese Regel verstösst der Dichter nur an fünf Stellen. An drei Stellen nämlich folgen zwei männliche Reimpaare auf einander, an einer Stelle zwei weibliche, und endlich findet sich an einer Stelle eine einzelne Zeile ohne Reim. Sie ist hier wahrscheinlich der Lebhaftigkeit der Situation wegen angebracht. Antonius hat zu den Soldaten geredet und schliesst emphatisch mit den Worten:

> Vers 1081: »Et gist mort estendu massacré pauvrement
> »Par l'homicide Brute.

Hier fällt der Chor nach der Cäsur ein: »armons nous sur ce traistre«. Das Wort »pauvrement« steht vereinzelt ohne Reim.

In der Regelmässigkeit des Versmasses zeigt also Grévin einen Fortshritt über Jodelle, denn dessen »Didon« weist noch nicht durchweg, sondern nur erst in grösseren Passagen männliche und weibliche Reime in regelmässigem Wechsel auf (cf. Ebert, Entw. d. franz. Trag. p. 115).

II.
Grévins „César", Murets „Julius Caesar" und Voltaires „la mort de César."

Der von Muret und Grévin behandelte Stoff erfuhr im 18ten Jahrhundert eine neue Bearbeitung in Voltaires Dreiakter »la mort de César«. Es dürfte von Interesse sein, festzustellen, ob Voltaire die Arbeiten seiner Vorgänger gekannt, und wie weit er sie etwa für sein eigenes Stück benutzt habe. Ebert sagt in seiner »Entwickelungsgeschichte der französischen Tragödie« S. 130 Anm.: »Voltaire hat ihn (Grévins César) gekannt«, gibt aber nicht an, worauf sich seine Behauptung stützt.

Wir gehen im Folgenden auf eine nähere Vergleichung, und zwar zunächst zwischen Voltaire und Grévin, ein.

Fassen wir den Umfang der zu vergleichenden Tragödien, d. h. den Abschnitt der Geschichte, der darin behandelt wird, ins Auge, so fällt es auf, dass Voltaire, der bekanntermassen bei Bearbeitung seines Dramas den Julius Cäsar Shakespeares vor Augen hatte, dessen IV. und V. Akt unbenutzt liess und somit seine Tragödie genau an derselben Stelle schliesst, wo Grévins Cäsar endet. Wir haben also genau denselben Umfang der Handlung bei Grévin und Voltaire.

Sehen wir jetzt die Disposition des Stoffes und die Composition der beiden Stücke an.

Voltaire hat die Calpurnia aus seiner Tragödie ganz entfernt, weil er sich ein Drama, das nur die republikanische Strenge athmen sollte, ohne »femme« und »amour«, zu schreiben vornahm.

Die Scenen, in welchen Calpurnia auftritt, füllen bei Grévin den III. und IV. Akt. Voltaire streicht einfach die beiden Akte und macht einen Dreiakter aus dem Drama.

Der I. Akt enthielt bei Grévin einen Dialog zwischen Cäsar und Antonius. Der erste Akt Voltaires enthält ebenfalls einen Dialog zwischen Cäsar und Antonius, der nur auf Augenblicke in der dritten Scene durch das Auftreten der Senatoren unterbrochen wird, die Cäsar um die Verleihung der Königswürde interpellirt. (Wir werden später sehen, wie Voltaire zu dieser Scene kommt.) Der II. Akt Grévins enthielt die Deklamationen und Verabredungen der Verschworenen. Voltaires II. Akt enthält ebenfalls die Verabredungen der Verschworenen, mit Ausnahme der Scenen 1 und 5 (die sich aus dem neuen Plane Voltaires, von dem wir weiter unten noch zu reden haben werden, ergaben). Akt III und IV Grévins lässt Voltaire unbenutzt. Akt V enthielt bei Grévin die Reden des Brutus, Cassius und Antonius an das Volk. Der Akt III Voltaires enthält ebenfalls in Scene 6 und 7 die Reden des Cassius und Antonius an das Volk. Die Scenen 3 und 4 dieses Aktes enthalten eine

Zusammenkunft zwischen Cäsar und Brutus, die sich wieder aus Voltaires eigenem Plane ergeben. Die Szenen 1 und 2 dieses Aktes spinnen die Reden unter den Verschworenen, die ja zweimal durch Szenen zwischen Cäsar und Brutus (Voltaires eigenem Plane gemäss) unterbrochen worden waren, weiter fort, so dass also die Verschworenen-Szenen sich bei Voltaire durch den II. und den Anfang des III. Aktes hindurchziehen, was, nebenbei bemerkt, dem ganzen Gange der Handlung in Voltaires Drama etwas Zögerndes und Schleppendes gibt. In Scene 5 endlich benutzt Voltaire noch ein Motiv aus Grévins drittem Akte. Es tritt nur an Stelle der Calpurnia, die Cäsar aus dem Senate zurückzuhalten sucht, Cäsars Vertrauter Dolabella.

Voltaire folgt also genau der Composition von Grévins Tragödie.

Betrachten wir nun die Tendenz des Dramas, die Luft, die das ganze Stück athmet, und zwar indem wir wieder von der Vergleichung mit Shakespeare ausgehen. Da wir sicher wissen, dass Voltaire Shakespeare vor sich hatte, so muss eine Abweichung von diesem seinem Vorbilde, wo sie sich mit Grévins Tendenzen trifft, um so mehr als Beweis für eine Verwandtschaft zwischen Grévin und Voltaire ins Gewicht fallen.

Voltaire vermochte es nicht, sich zu der grossartigen Auffassung des Dramas, wie es Shakespeare verstand, zu erheben. Bestand Shakespeares Arbeit darin, die einfachen Daten der geschichtlichen Ereignisse, wie sie Plutarch an die Hand gab, zu dramatisiren, und das, was Plutarch nicht gab oder nur leicht andeutete, nämlich die Charakterzeichnung, die Psychologie der Personen, welche die Voraussetzung der Handlung war, mit schöpferischem Geiste zu reproduziren, aus den Daten, die die Geschichte überlieferte, neu zu schaffen, so handelte es sich für Voltaire darum, die geschichtlichen Thatsachen einerseits als Vorwand zur Exposition bestimmter Seelenaffekte zu benutzen, die er in der Seele des Cäsar und Brutus sich vollziehen liess, indem er die Beiden in ein nahes verwandtschaftliches Verhältniss zu einander setzte, anderseits zum Vehikel einer Doktrin zu machen, die ihm lieb war, und zum Ausdrucksmittel einer Bewegung, die im 18. Jahrhundert, wie früher schon einmal im 16ten Jahrhundert, die Geister zu einer gewissen Schwärmerei für die Freiheit und die republikanischen Institutionen des alten Roms hintrieb.

Es heben sich klar und deutlich, wie bei Grévin, so bei Voltaire zwei mit der Präzision einer Doktrin formulirte Grundgedanken, welchen der Stoff nur als Unterlage dient, ab.

Einmal, Verherrlichung der republikanischen Strenge und Thatkraft, dann der Gedanke, die monarchische Herrschaft ist für Rom geschichtliche Nothwendigkeit geworden und muss desshalb trotz der Tugend der Republikaner die Oberhand behalten. Vergleiche hierzu Voltaire Akt III Szene 4, wo Cäsar den Gedanken haarklein, nach Voltaires klarer, doktrinärer Manier, auseinandersetzt.

Es bietet sich ein weiterer Punkt, in dem Voltaire ausdrücklich von Shakespere abweicht und damit die ganze Physionomie des Stückes ändert, um Grévins Auffassung zu folgen.

Nach Plutarch, und in Folge dessen in Shakesperes Drama, ist Cassius der eigentliche Anstifter, das Ferment der Verschwörung; er gewinnt nach einander alle Verschworenen, so den Brutus selbst, und erst später erscheint Brutus als Mittelpunkt der republikanischen Partei, während er zuerst nur als Werkzeug in der Hand des Cassius erschien, als Schild gegen Cäsars Anhänger und als Aushängeköder für das Volk. Anders bei Grévin und Voltaire. Hier erscheint Brutus vom Beginn des Stückes als Haupt der Verschwörung. Er fasst bei sich selbst den Beschluss, Cäsar zu stürzen, und muss umgekehrt dem Cassius und den anderen Verschworenen als Vorbild und Aufmunterung dienen.

Gehen wir jetzt auf den speziellen Inhalt näher ein.

Trotzdem der Umfang, der Rahmen der Handlung, derselbe ist bei Grévin und Voltaire, trotzdem die Composition des Stückes Schritt für Schritt dieselbe ist, so setzt der Inhalt des

Voltaire'schen Stückes sich doch aus drei verschiedenen Elementen zusammen:

1) Die Passagen, welche aus Voltaires neuem, selbständigem Plane entspringen. Voltaire benutzte dazu zwei Andeutungen Plutarchs. Die erstere in dessen Biographie des Cäsar, Kap. 58 und 60: παρασκευὴ δὲ καὶ γνώμη στρατεύειν μὲν ἐπὶ Πάρϑους ..... καίτοι καὶ λόγον τινὰ κατέσπειραν εἰς τὸν δῆμον οἱ ταύτην Καίσαρι τὴν τιμὴν (sc. βασιλείαν) προξενοῦντες, ὡς ἐκ γραμμάτων Σιβυλλείων ἁλώσιμα τὰ Πάρϑων φαίνοιτο Ῥωμαίοις σὺν βασιλεῖ στρατευομένοις ἐπ' αὐτούς, ἄλλως ἀνέφικτα ὄντα.

Die andere im Brutus, Kap. 5: καὶ ταῦτα ποιεῖν τῇ μητρί τοῦ Βρούτου Σερβιλίᾳ χαριζόμενος. ἐγνώκει γάρ, ὡς ἔοικε, νεανίας ὢν ἔτι τὴν Σερβιλίαν ἐπιμανεῖσαν αὐτῷ, παί καϑ' οὓς μάλιστα χρόνους ὁ ἔρως ἐπέφλεγε γενόμενον τὸν Βροῦτον ἐπέπειστό πως ἐξ ἑαυτοῦ γεγονέναι.

Demgemäss liess er Cäsar am Vorabende einer Expedition gegen die Parther stehen und zu dem Zwecke die Königskrone erstreben, da ein Orakel besagte, die Parther könnten nur von einem Könige besiegt werden, und machte aus Brutus einen Sohn Cäsars, was ihm den Stoff zu einer Reihe von psychologischen Gemälden und einigen Scenen liefert, die sich über das frostige Niveau des sonstigen Dramas etwas erheben.

Die betreffenden Stellen finden sich im I. Akte, Szene 1 u. 4; II. Akt, Szene 1. und 5; III. Akt, Szene 2, 3 und 5.

2) Die Passagen, welche Shakespere entlehnt sind oder für die Voltaire wenigstens im »Julius Cäsar« Anregung fand. Die Entlehnungen betreffen zumeist mehr Äusserliches. Sie zielen auf eine reichere Handlung ab und suchen durch zahlreichere Einführung von Personen mehr Leben und mehr dramatische Bewegung in das Stück zu bringen. So finden wir im I. Akte die Szenen 2 und 3 eingeschoben, die eine Menge von Personen auf die Bühne bringen.

Es kommen zu Cäsar und Antonius hinzu Brutus, Cassius, Cimber, Decime, Cinna, Casca u. s. w., Liktoren, kurz der ganze Senat. Diese Pompszene ist augenscheinlich inspirirt von Skakesperes Akt II Szene 2, wo bei Cäsar, der mit Calpurnia und Decimus in einer Unterredung begriffen ist, die Senatoren Publius, Brutus, Ligarius, Metellus, Casca, Trebanius und Cinna eintreten.

Dann im II. Akte Szene 2. Hiess es bei Grévin an der Stelle nur im Monologe des Brutus Vers 342:

»La voix des citoyens n'ha elle le pouvoir De t'enflammer le coeur trop abject et servile, Te reprochant que Brute est absent de la ville?«

so führt Voltaire, im Anschluss an Shakesperes Akt II Szene 1, den Augenblick selbst vor, an dem Brutus die Zettel empfängt. In der Szene 3 desselben Aktes bringt Voltaire ebenfalls ein dramatisches Motiv nach Shakesperes Akt I Szene 2. Grévin hatte einfach angedeutet im Monolog des Brutus Vers 313:

»Rome, n'as-tu assez cogneu la convoitise, Que César va cachant sous une feintise, Ce traistre, ce cruel, cest ingrat eshonté, De qui la trahison avec la cruauté Oncques ne seut cacher par menteur artifice L'infame volonté de son infame vice«,

anspielend auf die Krönungskomödie. Voltaire führt, Shakespere kopierend, den Augenblick der Scene selbst vor. Die Verschworenen hören das Hochrufen des Volkes, und Cimber tritt darauf zu ihnen, um den Hergang der Sache, als Augenzeuge, mitzutheilen.

Im III. Akte sind wieder die dramatischen Momente in Shakespere treulich benutzt. So die eingeworfenen Worte der Zuhörer bei den Reden des Cassius und Antonius. Grévin hatte erst auf die abgerundete Rede des Antonius hin den Chor eintreten lassen. Ebenso hat Voltaire die dramatischen Momente in den Reden selbst aufgefasst und verwandt, während er deren feine Psychologie auch nicht annähernd wiederzugeben im Stande war. Aber sehr wohl bringt er das dramatisch-lebhafte:

»Who is here so base that would be a bondman? If any, speak; for him have I offended. Who is here so rude that would not be a Roman? If any, speak; for him have I offended. Who is here so vile that will not love his country? If any, speak; for him have I offended«.

Dafür Voltaire:
>Est-il quelqu'un de vous de si peu de vertu, D'un esprit si rampant, d'un si faible courage, Qu'il puisse regretter César et l'esclavage? Quel est ce vil Romain qui veut avoir un roi? S'il en est un, qu'il parle, et qu'il se plaigne à moi«.

Dann wird nach Shakesperes Vorgang der Leichnam Cäsars selbst auf die Bühne gebracht, und Voltaire verwendet wieder das dramatische Hindeuten auf die einzelnen Wunden mit Nennung des Namens der Mörder:
»Look, in this place ran Cassius' dagger through: See what a rent the envious Casca made: Trough this the well-beloved Brutus stabb'd«.

Dafür Voltaire:
»Là, Cimber l'a frappé; là, sur le grand César Cassius et Décime enfonçaient leur poignard; Là, Brutus éperdu, Brutus l'ame égarée, A souillée dans ses flancs sa main dénaturée«.

Die aus Shakespere benutzten Passagen befinden sich also: im Akt I Szene 2 und 3; Akt II Szene 2 und 3; Akt III Szene 7 und 8.

3) Die Passagen, in welchen Grévin benutzt ist. Dies findet vorzüglich da statt, wo es sich um psychologische Darstellungen handelt. Aus diesem Umstande erklärt sich, dass wir Anklänge an Grévin auch an den Stellen finden, die dem Plane nach den beiden anderen Kategorien angehören. Die Hauptpassagen sind jedoch: I. Akt Szene 1 und 4; II. Akt Szene 2, 3 und 4; also die Stellen, welche die grössten psychologischen Breiten enthalten, wie wir früher gesehen haben.

Die ganze Stimmung, welche den Eingang der Tragödie beherrscht, die Unruhe Cäsars und seine Furcht vor einem Glückswechsel, die beruhigende Haltung des Antonius, ist von Grévins Drama inspirirt. Hier finden sich denn auch gleich Parallelstellen. Grévin hatte von Muret den Monolog Cäsars, der in dem lateinischen Schauspiele überhaupt den ganzen ersten Akt füllte, herübergenommen, dann aber den Antonius als Interlokutor auftreten lassen, indem dann im Dialoge dieselben Gedanken, wie in dem Monologe, sich wiederholen. Voltaire unterdrückt daher den Monolog, wohl auch von dem

Feuereifer, der ihn, seit er Shakespeare kennen gelernt, für die Handlung beseelte, hingerissen, und sein Stück setzt erst da ein, wo bei Grévin Antonius auftritt, was jedoch nicht hindert, dass trotzdem einzelne Stellen auch aus dem Monologe entlehnt werden.

Wir führen die Parallelstellen, nach Voltaires Drama geordnet, hier auf.

Voltaire: Akt I Szene I Vers 11:

»Quoi! tu ne me réponds que par de longs soupirs! Ta grandeur fait ma joie et fait tes déplaisirs! Roi de Rome et du monde est-ce à toi de te plaindre? César peut-il gémir, ou César peut-il craindre? Qui peut à ta grande âme inspirer la terreur.«

Grévin: Akt I Vers 143—150:

»Hé ne l'est-ce pas ci qui songeart se promeine? Il ne sera fasché de voir son Marc Antoine. Mais dites empereur seul honneur des Romains, Qui le monde tenez paisible entre vos mains, Quel désir, quel malheur dedans vous se mutine, Après avoir rangé tout ce que la courtine De ce ciel environne, et tout ce qu'Apollon Esclaircit aux flambeaux du journalier brandon?«

Voltaire: Akt I Szene 1 Vers 21:

»L'aigle des légions que je retiens encore, Demande à s'envoler vers le mers du Bosphore Et mes braves soldats n'attendent pour signal Que de revoir mon front ceint du bandeau royal.«

Inspirirt augenscheinlich durch Grévin Akt I Vers 231 Chor:

»Je resen encore dedans moy L'esguillon du premier esmoy Faire renaistre ceste envie De remettre encore ma vie Au hazard du premier danger. Je me resens encourager Tout prest de r'essuyer la peine Qui ensuit la poudreuse plaine. Je sen rallumer derechef Ce qui nous feit lever le chef Entre les triomphes de gloire, Qui ensuyvirent la victoire.

Voltaire: Akt 1 Szene 1 Vers 7:

»J'ai préparé la chaîne, où tu mets les Romains«.

Grévin: Akt I Vers 197:

»Je m'en allay vers vous, vous monstrant le moyen De domter aisément ce peuple Italien«.

Voltaire: Akt I Szene I Vers 32:

»Le sort peut se lasser de marcher sur mes pas La plus haute sagesse en est souvent trompée, Il peut quitter César ayant trahi Pompée«.

Grévin: Akt II, Chor, Vers 567—579:
> »Chose estrange! d'avoir battu Un Pompée, dont la vertu Avait faict preuve suffisante De sa promesse renaissante Et plus estrange d'avoir veu Un tel guerrrier estre deceu Apres avoir acquis la gloire De la Palestine victoire. Fortune qui entre ses mains Va pesle-meslant les humains Enyvre de pareils breuvages En la parfin les grans courages«.

Voltaire: Akt 1 Szene 1 Vers 42:
> »Quoiqu'il puisse arriver mon cœur n'a rien à craindre, Je vaincrai sans orgueil ou mourrai sans me plaindre«.

Grévin: Akt I Vers 33:
> »Vienne quand elle voudra, vienne la mort trencher Le long fil de mes ans, elle ne me peut fascher. César qu'un chascun craint, ne craint point ce passage ..... Je suis prest, je suis prest si le cruel destin M'a jà promis en proye à ce peuple latin«.

Voltaire: Akt 1 Szene 1 Vers 117:
> »J'eusse été citoyen si l'orgueilleux Pompée N'eût voulu m'opprimer sous sa gloire usurpée.

Grévin: Akt 1 Vers 50—55:
> »César qui s'est fait immortel Par la mort d'un rebelle, accravantant l'audace De son gendre orgueilleux et de toute sa race. Et qui pour n'avoir veu au monde qu'un soleil Ne l'a voulu souffrir ny plus grand ny pareil.

Voltaire: Akt I Szene 1 Vers 148:
> »Je veux me faire aimer de Rome et de mon fils. Et conquérant des cœurs vaincus par ma clémence Voir et la terre et Brute adorer ma puissance«.

Grevin: Akt 1 Vers 171:
> »La douceur sied bien mieux pour finement combattre Le cueur audacieux d'un peuple opiniastre«.

Voltaire: Akt I Szene 1 Vers 151:
> »C'est à toi de m'aider dans de si grands desseins«.

Grévin: Akt I Vers 217:
> »Allez vous en devant et proposez toujours Mon dessein tout ainsi qu'en savez le discours«.

Voltaire: Akt I Szene 1 Vers 1:
> »César tu vas régner; voici le jour auguste Où le peuple Romain pour toi toujours injuste, Changé par tes vertus va reconnaître en toi Son vainqueur, son appui, son vengeur et son roi. Antoine tu le sais, ne connaît point l'envie: J'ai chéri plus que toi la gloire de ta vie«.

Grévin: Akt 1 Vers 188—205:

»Que demandait-il (le peuple) mieux sinon vous recognoistre Pere de la patrie et vous porter honneur Comme vous estes seul cause de sa grandeur? Non, non n'estimez rien, n'estimez rien la foy Que je vous juray ..... Non ne l'estimez rien, s'il se treuve un seul homme Qui ne vous recognoisse estre seul, qui de Rome Merites entre tous l'entier gouvernement Et qui ne soit tout prest à prester le serment Ainsi qu'il appartient à son roy, à son prince, Et digne gouverneur d'une telle province«.

Dann Voltaire: Akt 1 Szene 3 Vers 56:

»Oui que César soit grand; mais que Rome soit libre. Dieu! maitresse de l'Inde, esclave au bord du Tybre! Qu'importe que son nom commande à l'univers Et qu'on l'appelle reine alors qu'elle est aux fers?«

Grévin: Akt II Vers 362:

»Fauldra-t-il donc que Rome abbaisse sous la craincte De ce nouveau tyran le chef de sa grandeur Et face malgré soy ce qu'ils ont en horreur? Rome effroy de ce monde, exemple des provinces, Laisse la tyrannie entre les mains des princes Du barbare estranger«.

Voltaire: Akt I Szene 4 Vers 12:

»La bonté convient mal à ton autorité, De ta grandeur naissante elle détruit l'ouvrage. Il faudrait être craint c'est ainsi que l'on règne«.

Grévin: Akt I Vers 175:

»Ouy mais si la douceur n'y est la bienvenue, La puissance sera par force maintenue«.

Dann Voltaire, Akt II Szene 2 Vers 2:

»Voilà donc les soutiens de ma triste patrie! Voilà vos successeurs Horace, Décius Quels restes, justes dieux, de la grandeur romaine Chacun baise en tremblant la main qui nous enchaine — Toi dernier des héros du sang de Scipion Vous ranimez en moi ces vives étincelles Des vertus dont brillaient vos ames immortelles Vous vivez dans Brutus«.

Grévin: Akt II Vers 331 u. 337:

»Mais nous abastardis trop indignes de naistre Du moindre successeur du moins vaillant ancestre Nous endurons encore au plus beau de nos ans Resusciter l'orgueil des sept premiers tyrans. — Resouvien toy du nom que tu has et retiens Encore de la vertu de tous tes anciens: Hé Brute retiens un tant au moins le courage«.

Voltaire: Akt II Szene 2 Vers 19:
»Tu dors Brutus et Rome est dans les fers«! Rome mes yeux sur toi seront toujours ouverts. Ne me reproche pas des chaînes que j'abhorre. »Non tu n'es pas Brutus«! Ah! reproche cruel!«

Grévin: Akt II Vers 342:
»La voix des citoyens n'ha elle le pouvoir de t'enflammer le cueur, te reprochant que Brute est absent de la ville? Non qu'un tel deshonneur ne me soit reproché«.

Voltaire: Akt II Szene 3 Vers 13:
»César jouit de tout et dévore le fruit, Que six siècles de gloire à peine avaient produit«.

Grévin: Akt II Vers 446:
»ce larron effronté de tout le bien public«.

Voltaire: Akt II Szene 4 Vers 88:
»Nés juges de l'état, nés les vengeurs du crime C'est souffrir trop longtemps la main qui nous opprime Et quand sur un tyran nous suspendons nos coups Chaque instant qu'il respire est un crime pour nous«.

Grévin: Akt II Vers 469:
»Que demeurons nous tant? ou est notre asseurance Abusera il encore de nostre patience? ..... Il ne fault point attendre en ce pendant qu'un bien Commun aux citoyens et à toute la patrie S'offre dans nostre main et à soy nous convie«.

Voltaire: Akt II Szene 4 Vers 112:
»Notre mort, mes amis, paraît inévitable; Mais qu'une telle mort est noble et désirable! Qu'il est beau de périr dans des desseins si grands, De voir couler son sang dans le sang des tyrans! Qu'avec plaisir alors on voit sa dernière heure!«

Grévin: Akt II Vers 449:
»Je hazarde ma vie es mains des ennemis: car celuy meurt heureux qui meurt pour son pays«.

Voltaire: Akt II Szene 4 Vers 117:
»Mourons, braves amis, pourvu que César meure Et que la liberté qu'oppriment ses forfaits Renaisse de sa cendre et revive à jamais«.

Grévin: Akt II Vers 467:
»C'est assez, c'est assez puisque avons arresté Mourir ou rachepter l'antique libertté«.

Voltaire: Akt II Szene 4 Vers 130:
»Faisons plus, mes amis, jurons d'exterminer Quiconque ainsi que lui prétendra gouverner«.

Grévin: Akt II Vers 513:
»Si serait-ce bien faict arrachans la racine Avecque le gros tronc de tout ceste vermine«.

Ferner Voltaire: Akt III Szene 4 Vers 37:
»Rome demande un maître. Un jour à tes dépens tu l'apprendras peut-être Tu vois nos citoyens plus puissants que des rois. Nos mœurs changent Brutus, il faut changer nos lois. La liberté n'est plus que le droit de se nuire: Rome, qui détruit tout, semble enfin se détruire. Ce colosse effrayant, dont le monde est foulé En pressant l'univers est lui-même ébranlé, Il penche vers sa chute, et contre la tempête Il demande mon bras pour soutenir sa tête.... je prévois, Que ta triste vertu perdra l'état et toi«.

Grévin: Akt I, Monolog, Vers 73:
»Ces murs audacieux, ces grans palais romains Maintenant seul horreur du reste des humains Sauront après ma mort de combien ma présence Sert pour contregarder leur antique puissance. Toy Rome qui as faict tout un monde tremblant A ce monde tremblant tu pourras ressembler..... L'horreur de ton fardeau et ton heur et ton nom Servira de tombeau.... Et toy pauvre trop tard, trop tard regretteras Les guerriers que pour lors au secours tu n'auras«.

Voltaire: Akt III Szene 5 Vers 7:
»Mais si César croyait un citoyen qui l'aime, nos présages affreux, nos devins....«

Grévin: Akt III Vers 753:
»Mettez devant vos yeux les présages certains Qui sont depuis naguère apparus aux Romains«.

Voltaire: Akt III Szene 5 letzter Vers:
»Va j'aime mieux mourir que de craindre la mort«.

Grévin: Akt III Vers 791:
»J'aime bien mieux Mourir tout en un coup qu'estre tousjours paoureux«.

Voltaire: Akt III Szene 7 Vers 1 u. 5:
»Vive la liberté ma main brise vos fers. C'en est fait, il n'est plus«.

Grévin: Akt V Vers 1015:
»Le tyran est tué la liberté remise. Voylà, voylà la main dont ore est affranchi Tout le peuple Romain«.

Voltaire: Akt III Szene 7 Vers 28:
»Vous rentrez dans vos droits indignement perdus«.

Grévin: Akt V Vers 1045:
»Allez donc citoyens reprendre maintenant tous vos droicts anciens«.

Voltaire: Akt III Szene 8 Vers 20:
»Comblé de ses bienfaits, ils sont teints de son sang«.

Grévin: Akt 5 Vers 1063:
»Hé! traistres! Est-ce donc l'amitié ordonnée De desrober la vie à qui vous l'a donnée.

Voltaire: Akt III Szene 8 Vers 66:
»Du plus grand des Romains voilà ce qui vous reste, Voilà ce dieu vengeur idolâtré par vous, Qui toujours votre appui dans la paix, dans la guerre, Une heure auparavant faisait trembler la terre, Amis, en cet état connaissez vous César?«

Grévin: Akt V Vers 1074:
»César magnanime empereur Vray guerrier entre tous, César qui d'un grand cueur S'acquit avec vous l'entière jouissance Du monde: maintenant a perdu sa puissance Et gist mort estendu massacré pauvrement Par l'homicide Brute«.

Voltaire: Akt III Szene 8 Vers 88:
»Marchez, suivez-moi tous contre ses assassins .... Oui nous les punirons, oui nous suivrons vos pas«.

Grévin: Vers 1090:
»Sus doncques suyvez-moy et donnez tesmoignage de vostre naturel ..... Armons nous sur ce traistre«.

Dies sind die vorzüglichsten Parallelstellen, welche wir zwischen Voltaire und Grévin zu constatiren haben.

Bei dem engen Verhältnisse, in welchem Grévin zu Muret steht, drängt sich die Frage auf, ob Voltaire vielleicht nicht sowohl Grévin selbst, als dessen Quelle Muret benutzt haben möchte, zumal da wohl Grévin zu Voltaires Zeit ziemlich vergessen sein mochte, während Muret nie diesem Schicksale verfallen konnte.

Es ist darüber Folgendes zu sagen. Wir haben gesehen, dass dem Umfange des Stoffes, dem Stoffe selbst, der Disposition und Composition desselben, endlich der ganzen Färbung und Tendenz des Stückes nach Voltaire und Grévin sich weit näher stehen, als Voltaire und Muret. Bei dem engen Anschlusse Grévin's an Muret jedoch, gerade in Bezug auf den

Text, ist es natürlich, dass sich eine Reihe von Stellen finden, die Voltaire sowohl aus dem einen als aus dem anderen geschöpft haben könnte (es sind deren 8; cf. Gr. v. 467, M. v. 175, Volt. Akt II Sz. 4 v. 117; Gr. v. 449, M. v. 166, Volt. Akt II Sz. 4 v. 112; Gr. v. 567—579, M. v. 52—56 u. 88—90, Volt. Akt I Sz. 1 v. 32; Gr. v. 753, M. v. 344, Volt. Akt III Sz. 5 v. 7; Gr. v. 786 u. 793, M. v. 334, Volt. Akt III Sz. 5 v. 25; Gr. v. 791, M. v. 386, Volt. Akt III Sz. 5 letzter Vers; Gr. v. 794, M. v. 393, Volt. Akt III Sz. 6 v. 1; Gr. v. 1015, M. v. 438, Volt. Akt III Sz. 7 v. 1), ohne dass sich etwas Genaueres feststellen liesse, da Voltaire seine Quelle nie wörtlich benutzt. Daneben kommen 12 Stellen vor, in welchen Voltaire sich an Grévin anschliesst, während sich dafür keine Parallelstellen in Muret finden; und umgekehrt finden sich 3 Stellen bei Voltaire, welche deutlich auf Muret hinweisen, ohne dass sich ein Vorbild dafür bei Grévin fände. Wir setzen die betreffenden Stellen hierher.

Voltaire: Akt I Szene 3 Vers 53:
»Rome dans cet espoir renaissait consolée.
»Avant que d'être à toi nous sommes ses enfants.

Muret: Akt II Vers 138:
»At mihi et honores et semel vitam dedit.
»Plus patria illis omnibus apud me potest.

Voltaire: Akt II Szene 4 Vers 72. 73—75:
»Ah! je te reconnais à cette noble audace, Ennemi des tyrans et digne de ta race. Voilà les sentiments que j'avais dans mon cœur. Tu me rends à moi-même, et je t'en dois l'honneur«.

Muret: Akt II Vers 180:
»O Romulae gloria gentis, quam tibi vere rigido incoctum est pectus honesto: quam tua me animi oratio securum esse jubet«.

Voltaire: Akt III Szene 1 Vers 1:
»Enfin donc l'heure approche où Rome va renaître, La maîtresse du monde est aujourd'hui sans maître..... Nous seuls l'exécutons, nous vengeons la patrie: Et je veux qu'en ce jour on dise à l'univers: Mortels respectez Rome, elle n'est plus aux fers«.

Muret: Akt II Vers 151:
»Magnanime Brute, Phoebus aurato diem adduxit ore; tam diu optatam mihi, qua patria nostra libera evadat manu. .... abscindam caput, cruento ut ore prodiens in publicum clamare possim: Roma tandem libera est«.

Wir müssen hiernach annehmen, dass Voltaire bei Bearbeitung seines Cäsar die beiden älteren Dichter vor sich gehabt habe, jedoch Grévin in der That weit mehr verdankt als Muret.

III.
Muret, Grévin und Shakespere.

Eine Einwirkung von Grévin oder Muret auf Shakespere lässt sich, was den Stoff, den Gang der Handlung, die Distribution der Materie, die Composition des Stückes oder die in demselben enthaltenen allgemeinen Ideen angeht, absolut nicht nachweisen.

In Bezug auf den Stoff geht Shakespere (ganz abgesehen von dem zweiten Theile seines Dramas, dem IV. und V. Akte des Julius Cäsar) weit über die beiden Franzosen hinaus. Er gibt die kleinsten Details, die er in Plutarch fand, wieder. So werden uns die Tribunen Flavius und Marullus vorgeführt, der Auszug Cäsars zum Lupercalienfeste und die Vorgänge bei demselben, dann die Nacht mit den schrecklichen Wunderzeichen, die Cäsars Tod prophezeien, die Vorgänge in Brutus' Hause und die heroische That der Portia, die Abholung Cäsars durch die Verschworenen, der Weg zum Senat mit seinen kleinsten Zwischenfällen, die Ereignisse im Senat und Cäsars Ermordung selbst. Alles dies übergehen Grévin und Muret. Ferner sind die Punkte der Handlung, die gemeinsam sind, weit mannigfacher und reicher detailirt bei Skakespere als bei seinen Vorgängern.

Im Gange der Handlung weicht Shakespere ebenfalls weit von ihnen ab. Mit Ausnahme des III. Aktes, wo sich wirklich eine Handlung vollzieht, indem Calpurnia, durch ihre Träume erschreckt, den Cäsar vor unseren Augen aus dem Senate zurückzuhalten bemüht ist, während Dec. Brutus ihn zum Fortgehen bewegt, und des V. Aktes, wo die Verschworenen vor dem Volke auftreten und Antonius vor unseren Augen die Soldaten durch seine Rede mit sich fortreisst, treten die Personen in Grévins Tragödie nur auf, um uns davon zu benachrichtigen, wie weit die Handlung gediehen ist. Der I. Akt macht uns mit Cäsar und Antonius bekannt und sagt uns, dass sie sich bereits für den Staatsstreich im Senate verabredet haben. In dem II. Akte treten die Verschworenen zusammen, alle bereits schlüssig zur That, um dem Publikum dies mitzutheilen und wieder auseinander zu gehen. Der IV. Akt bringt uns die Nachricht, dass die That geschehen, Cäsar ermordet ist, durch den Mund eines Boten. Bei Muret war es um die Handlung noch schlimmer bestellt gewesen. Bei ihm fand sich nur im IV. Akte (die Szene zwischen Cäsar, Calpurnia und Dec. Brutus) Handlung, denn in seinem V. Akte treten die Verschworenen auch nur auf, um dem Publikum zu verkünden, dass Cäsar gefallen ist, und dann wieder abzutreten.

Ganz anders verfährt Skakespere. Wenn Grévin die Verschwörung uns bereits als Faktum (im II. Akte) präsentirte, so entwickelt sich im Julius Cäsar die Verschwörung langsam durch viele Scenen hindurch vor unseren Augen. Zeigt Grévin uns Cäsar (in seinem 1. Akte) bereits entschlossen, sich die Königskrone im Senate aufzusetzen, so führt uns Shakespere die Etappen vor, die Cäsar selbst erst durchwanderte, um schliesslich zu diesem Entschlusse zu kommen. Lässt Grévin (in seinem IV. Akte) nur den Tod Cäsars verkünden, so zeigt uns Shakespere den Cäsar selbst, wie er langsam, aber sicher, trotz vieler Warnungen dem Tode entgegengeht, und wie er ihn schliesslich erleidet.

Dieselbe Verschiedenheit in der Distribution des Stoffes. Der Calpurnia sind von Grévin zwei vollständige Akte gewidmet, bei Shakespere muss sie sich mit einer kurzen Szene begnügen. Von Grévin ist Cäsars Gemüthszustand ein ganzer Akt reservirt, bei Shakespere sind ihm im I. Akte Szene 2, ein paar Verse vergönnt. Dem Brutus kommt allerdings bei Shakespere dasselbe

Interesse entgegen, als bei Grévin, doch macht sich auch hier ein deutlicher Unterschied bemerkbar, insofern als bei Grévin Brutus das eigentliche Haupt der Verschwörung ist, während bei Shakespere Cassius der Agitator ist und Brutus nur als deckender Schild der Verschwörung erscheint, der seinen ehrlichen Namen hergeben muss, um dem Unternehmen den Stempel der Rechtlichkeit aufzudrücken.

Die Composition des Dramas ist bei Grévin und Muret eine äusserlich symmetrische, nach den Regeln der gelehrten Kritik gebaute: Cäsar und Antonius, Brutus und Cassius, Cäsar und Calpurnia, Calpurnia und der Bote, Brutus und Antonius. Bei Shakespere regiert nur die Logik der Handlung.

Es bleibt übrig, über die Grundideen des Dramas zu reden. Bei Muret war es Verherrlichung der republikanischen Tugend, Bestrafung des Mordes, als Verbrechens überhaupt; bei Grévin ebenfalls eine, wenn auch weniger scharf ausgeprägte Begeisterung für republikanische Freiheit, dann aber Erfüllung der Gerechtigkeit an den Mördern und der Triumph der neuen, monarchischen Staatsform. Wir können diese Grundideen bei Shakespere ebenfalls herauslesen. Augenblickliches Triumphiren der republikanischen Ideen durch die Tüchtigkeit eines ächten Republikaners, zuletzt jedoch Sieg des monarchischen Prinzips. Wir können diese Grundideen bei Shakespere herauslesen; aber es ist keineswegs damit gesagt, dass er sie in seinem Drama klar machen wollte, dass ihre Darlegung sein Zweck gewesen sei oder auch nur der leitende Gedanke bei Abfassung des Dramas. Sprachen sich Muret und Grévin an manchen Stellen klar über die Tendenz ihres Stückes aus, so thut dies Shakespere nirgends. Es handelt sich für Shakespere einfach darum, ein Ereigniss der Geschichte zu dramatisiren, zu einem Ganzen zu verarbeiten, den Handlungen ihre Basis im Seelenleben der Personen zu geben. Was er so geschaffen hatte, war gross genug, um durch sich selbst zu wirken, und braucht nicht erst als Hebel zu dienen, um ein Einwirkungsinstrument, d. h. eine allgemeine Idee, Doktrin u. s. f. in Bewegung zu setzen. Solche allgemeine Ideen werden mehr in Shakespere hinein-, als aus ihm herausgetragen, und es liessen sich wohl auf diese Versuche die Worte Ciceros im »Julius Cäsar« anwenden:

> But men may construe things after their fashion, Clean from the purpose of the things themselves«.

So bleibt nichts übrig, als allenfalls durch Auffinden einzelner Stellen, die direkt aus einem der beiden Franzosen übersetzt wären, einen Nachweis zu erbringen. Solche Stellen sind aber nur sehr spärlich vertreten und lassen keinen sichern Schluss zu. Es sind Stellen, welche sich bei Shakespere ganz ungezwungen aus dem Zusammenhange ergeben und deren Anklang an Grévin oder Muret sehr wohl ein Spiel des Zufalls sein kann. Wir setzen jedoch hierher, was bemerkenswerth erscheint.

Shakespere: Akt I Szene 2:
> »But I fear him not, yet if my name was liable to fear.... I rather tell thee what is to be feared, than what I fear — for always I am Caesar«.

Muret: Akt I Vers 46:
> »Suadentque amicis ut meum stipem latus. At enim timere Caesaris nunquam fuit«.

Grévin: Akt I Vers 11:
> »Quoy! qu'au cueur de César la crainte prenne place«.

Shakespere: Akt II Szene 1:
> »My ancestors did from the strects of Rome the Tarquin drive, when he was called a king«.

Grévin: Akt II Vers 371:
> »Ce n'est assez que Brute ait arraché des mains D'un Tarquin orgueilleux l'empire des Romains«.

Shakespere ebenda:
> Cass.: »But it is doubtful yet, whether Caesar will come forth to day or no .....«.
> Dec. Brutus: »Never fear that: If he be so resolved, I can oversway him .... let me work, for I can give his humours the true bent and I will bring him to the Capitol«.

Grévin: Akt II Vers 501:
> Cass.: »Encore qu'il demeure plus longtemps à venir si fault il bien qu'il meure«.
> Dec. Brutus: »Je m'en vay au devant sans plus me tormenter et trouveray moyen de le faire haster«.

Diese Stelle scheint allerdings nicht ganz unwichtig, da sich eine Andeutung von diesen Worten in der Verschworenenversammlung bei Plutarch nicht findet.

Shakespere: Akt II Szene 2:
»Cowards die many times before their deaths. The valiant never taste of death but once«.

Muret: Akt III Vers 386:
»Sed tamen quando semel vel cadere praestat quam metu longe premi«.

Grévin: Akt III Vers 791:
»Et si j'aime bien mieux Mourir tout en un coup qu'estre toujours paoureux«.

Shakespere: Akt III Szene 1:
»Liberty, freedom, tyranny is dead«.

Grévin: Akt V Vers 1015:
»Le tyran est tué, la liberté remise, Et Rome a regaigné sa premiere franchise«.

Ebenda:
»So oft as that shall be, so often shall the knot of us be called the men that gave their country liberty«.

Grévin: Akt II Vers 385:
»Et quand on parlera de César et de Rome, Qu'on se souvienne aussi qu'il a esté un homme, Un Brute le vengeur de toute cruauté Qui aura d'un seul coup gaigné la liberté«.

Dann vergleiche Grévin Akt I Vers 73–116 und Shakespere Akt III Scene 1 eine Passage über den Fluch, der auf Cäsars Ermordung lastet.

Endlich: Shakespere Akt III Szene 2:
»But yesterday the word of Caesar might have stood angainst the world: now lies he there, and none so poor to do him reverence«.

Grévin: Akt V Vers 1078:
»César qui d'un grand cueur S'acquit aveque nous l'entiere jouissance Du monde: maintenant a perdu sa puissance Et gist mort, estendu massacré pauvrement Par l'homicide Brute«.

Anhang I.

Cesar.

Tragédie par Jaques Grévin de Clermont en Beauvaisis.

Entreparleurs.

Cesar.
Marc Antoine.
Marc Brute.
Cassius.
Decime Brute.

Calpurnie.
La nourrice.
Le messager.
La troupe des soldats
de César.

Acte premier.

Cesar.

Quel mal va furetant aux mouelles de mes os?
Quel soucy renaissant empesche mon repos?
3 Quel presage certain d'horreur, d'ennuis, de flâme,
D'ennemis, et de mort se mutine en mon ame?
Quel souspeçon me tourmente? quelle frayeur me suit,
6 Et regele tousjours mon sang à demi cuict?
Cesar, non plus Cesar, mais esclave de crainte,
Vainqueur, non plus vainqueur, mais serf qui porte emprainte
9 La honte sur le front. O premier empereur!
Mais que dy-ie Empereur, puis qu'il fault vivre en peur?
Quoy! qu'au cueur de Cesar la crainte prenne place!
12 Non, il n'en sera rien: car cela seul efface
»L'honneur de mes beaux faicts. Il vault bien mieux mourir
»Asseuré de tout poinct, qu'incessamment perir
15 »Faulsement par la peur. Mais apres les victoires
Acquises à grand' peine, et après tant de gloires,
Ne seray-je obey? Ne donneray-je fin
18 Au vouloir obstiné de ce peuple mutin?
C'est trop vivre paoureux, c'est par trop vivre en doute,
C'est suyvre trop longtemps celuy que je redoute.
21 »Ainsi le plus souvent on se rend serviteur,
»De ceux desquels on doit estre le seul seigneur.
Mais n'est-ce pas assez vescu pour de ma gloire
24 Ensuyvre heureusement une longue memoire?
Mais n'est-ce pas assez qu'avoir par mes vertus
Rengé dessous mes loix les vainqueurs des vaincus?
27 N'est-ce donc pas assez d'estre craint de ceux mesme
Devant qui de frayeur tout le monde vient blesme?

Ce m'est assez de voir la Romaine hauteur
30 Ores estre bornee avecque ma grandeur.
Ce m'est, ce m'est assez que de la terre et l'onde
J'ay vainqueur limité et Rome et tout le monde :
33 Vienne quand ell' vouldra, vienne la mort trencher
Le long fil de mes ans, ell' ne me peult fascher.
Cesar qu'un chascun craint, ne craint point ce passage
36 Ayant avant mourir contenté son courage.
Je suis prest, je suis prest, si le cruel Destin
M'a ja promis en proye à ce peuple latin,
39 Qui a veu malgré soy dessus son chef reluire
L'heureux avancement de mon premier empire.
Mais ne me fay-je tort, me bastissant en vain
42 Le dangereux assault d'une traistresse main ?
Si fay, je me fay tort, en me faysant entendre
Ce qu'un peuple ennemi n'oseroit entreprendre.
45 Aborder un Cesar, qui n'eut jamais haineur
Qui soudain ne sentit l'effort de sa fureur!
Aborder un Cesar, à qui n'est eschappee,
48 Sans d'elle se vanger, l'audace de Pompee!
Cesar, qui a domté tout cela que le Ciel
Enclost sous sa vouture et s'est faict immortel
51 Par la mort d'un rebelle, accravantant l'audace
De son gendre orgueilleux, et de toute sa race:
Et qui pour n'avoir veu au monde qu'un Soleil,
54 Ne l'a voulu souffrir ny plus grand ny pareil!
Aborder un César, qui comme les tempestes
Foudroyent à l'instant et mille et mille testes,
57 Emmorcelant d'un coup le front plus orgueilleux
Des plus braves chasteaux qui menacent les Cieux,
S'est faict voye au travers de ceste masse ronde,
60 Arrondissant son heur par la rondeur du monde!
Ausi Cesar estoit seul digne d'un tel heur,
Que de tout l'univers il fust le seul seigneur.
63 L'Itale en scait que dire, aussi font des Espaignes
Les peuples basanez et toutes les campaignes
Ou Garonne, la Seine et le Rhin desbordé
66 Resemblent au courir un cheval desbridé.
Tu as vescu pour toy, et ce poinct te demeure,
Cesar, que par ta mort la mesme audace meure
69 De ceux à qui tu as librement pardonné,
S'il est cruellement du Destin ordonné,
Au meschef de Cesar, qu'en ce grand mal extreme
72 Un qui a tout vaincu soit vainqueur de soy-mesme.
Ces murs audacieux, ces grans palais Romains,
Maintenant seul horreur du reste des humains,
75 Sçauront apres ma mort de combien ma presence
Sert pour contregarder leur antique puissance.
Toy Rome qui as faict tout un monde trembler,
78 A ce monde tremblant tu pourras ressembler,
Heritant le Destin de la grand Phrygienne:
Et comme despitant l'altesse Olympienne,
81 Malgré l'arrest du Ciel, l'horreur de ton fardeau
A ton heur et ton nom servira de tombeau :

Et ne restra sinon que ton idole errante
84 Pour servir d'une fable à l'aage survivante,
Dont tu seras la proye, et le riche butin
D'un grand peuple ennemi plus farouche et mutin.
87 Alors les grans tresors en publiques rapines
Serviront pour un temps aux nations voisines :
Et toy pauvre, trop tard, trop tard regreteras
90 Les Guerriers que pour lors au secours tu n'auras
Te sentant atterrer, defauldra ton courage
Parmi tous les soldats, ainsi que d'un orage,
93 Ou d'un esclat de fouldre on voit souventes fois
Desraciner les pins au milieu des grans bois.
Tu verras malgré toy de tes poinctes hautaines,
96 Et de tes nourrissons ensemencer les plaines,
Sans qu'il en sorte apres un seul pour te vanger,
Comme il fait de ces dens que l'on veit eschanger
99 Sur la rive estrangere, à l'heure que la terre
Enfanta tout subit la fraternelle guerre.
Mais je pry tous les dieux d'estre estimé menteur,
102 Plustost que de predire un estrange malheur
A ceux qui survivront, ou que pour la malice
De quelques envieux, la cruelle justice
105 Des dieux juste-vangeurs desserre son effort
Sur ceux là qui n'auront jamais causé ma mort.
Hé! quel bien leur vient-il, si bruslans d'une envie
108 Ils font mourir celuy qui leur donna la vie?
Quel honneur, quel proffit, quel plaisir, quel bien-faict
Suyvra l'auteur premier d'un si cruel mesfaict?
111 Mais plus tost un remors, un remors miserable
De la mort desireux talonnant ce coupable
Viendra ramentevoir un antique desir
114 Allonguissant ses jours, lors qu'il vouldra mourir,
Se sentant trop heureux, si pour mieux luy complaire,
On avance sa mort ainsi qu'il me veult faire.

Marc Antoine.

117 La Grece entre ses heurs vanteuse publira
Un Achille, un Hercule et Troye n'oubliera
La race de Priam : mais Rome pourra dire
120 Que de ces devanciers le los ne peult suffire
Pour attaindre aux honneurs, qu'un Cesar s'est acquis,
Ayant plus bravement tout un monde conquis,
123 Qu'Achille son Hector, qu'Alcide son Anthee,
Que Francus l'Alemagne et Gaule surmontee.
Heureuse Rome, heureuse ores d'avoir receu
126 L'heur du Ciel qu'un Cesar en tes bras fust conceu.
Heureux aussi Cesar maintenant je te nomme
Heureux cent mille fois d'estre né dedans Romme.
129 De Rome la grandeur un Cesar meritoit,
La grandeur de Cesar entre toutes estoit
Seule digne de Rome : et Cesar et la ville
132 Sont dignes de tenir ceste masse servile.

Cesar.

Si l'un et l'autre est digne, et que le lieu plus beau

  De Rome, soit pour faire à Cesar un tombeau,
135 Il fault que de Cesar la mort qu'elle procure
  Luy serve quant-et-quant de mesme sepulture :
  Et s'il est ordonné par un arrest fatal,
138 Que cil dont les desseins et le pouvoir esgal
  Mesure son pouvoir par la mesme puissance
  De la terre et du Ciel, usant trop de clemence,
141 Soit massacré des siens, il fauldra pour ce tort
  Que la mort de Cesar soit de Rome la mort.

M. Antoine.

  Hé, ne l'est-ce pas ci qui songeart se promeine ?
144 Il ne sera fasché de voir son Marc Antoine.
  Mais dites Empereur, seul honneur des Romains,
  Qui le monde tenez paisible entre vos mains,
147 Quel desir, quel malheur dedans vous se mutine,
  Apres avoir rangé tout ce que la courtine
  De ce ciel environne, et tout ce qu'Apollon
150 Esclarcit aux flambeaux du journalier brandon ?

Cesar.

  C'est peu d'avoir vaincu, puis qu'il fault vivre en doute.

M. Antoine.

  Mais s'en peult-il trouver un qui ne vous redoute ?

Cesar.

153 »Celuy qu'un chascun craint se doit garder de tons,
  »Car un chascun voudroit le massacrer de coups.

M. Antoine.

  Qui voudroit vous garder de regner et de vivre,
156 Vous qui avez rendu toute Rome delivre,
  Luy redonnant la vie avecque la seurté ?

César.

  »Ha ! qu'il est malaisé de regir liberté !
159 »Le cheval gallopant par la plaine sans bride,
  »Ne se laisse domter par celuy qui le guide,
  »Les renes et le mors ne le tiennent subject,
162 »Et n'ha que son vouloir seulement pour object.

M. Antoine.

  Il fault tant seulement, il fault vostre presence,
  Qui servira de frain à leur outrecuidance,
165 Et si quelques desirs en leurs cueurs allumez
  Les rend audacieux encontre vous armez,
  Vous ferez derechef le fer de vos batailles
168 Bravement destramper en leurs propres entrailles,
  Là ou tout le pouvoir de ce peuple Latin
  Se verra pour jamais do Cesar le butin.

Cesar.

171 »La douceur sied bien mieux pour finement combatre
  »Le cueur audacieux d'un peuple opiniastre :
  »Car d'autant que l'on pense user de cruauté,
174 »D'autant en son orgueil se rend-il incité.

M. Antoine.

Ouy, mais si la douceur n'y est la bien venue,
La puissance sera par force maintenue:
177 Ainsi a devant vous le monarque Gregois
Rangé dessous sa main, la puissance des Rois:
Et or' vostre grandeur ne peult-elle suffire
180 Pour dessus les Romains eslever un empire?
Cesar qui avez faict tout un camp assembler,
Devant qui lon a veu tout le monde trembler,
183 Vous qui avez borné vostre grandeur acquise
Par le cours du Soleil, et par la froide bize?

Cesar.

Laissons là ma grandeur, et l'effort de ma main,
186 Puisque je suis subject à un peuple Romain,
Qui ne resent tousjours de son premier ancestre.

M. Antoine.

Que demandoit-il mieux sinon vous recognoistre
189 Pere de la patrie, et vous porter honneur,
Comme vous estes seul cause de sa grandeur?

Cesar.

Cela fait seulement qu'ores plus je m'asseure
192 En ce discours douteux, depuis que je mesure
L'honneur et les biens-faicts, qu'il a receu de moy.

M. Antoine.

Non, non, n'estimez rien, n'estimez rien la foy
195 Que je vous juray lors, que sortant d'Italie
En habit desguisé, au dangier de ma vie
Je m'en allay vers vous, vous monstrant le moyen
198 De domter aisément ce peuple Italien:
Non, ne l'estimez rien, s'il se treuve un seul homme
Qui ne vous recognoisse estre seul, qui de Romme
201 Meritez entre tous l'entier gouvernement,
Et qui ne soit tout prest à prester le serment
Ainsi qu'il appartient à son Roy, à son Prince,
204 Et digne gouverneur d'une telle province.

Cesar.

Advienne qui pourra, quand Cesar sera mort,
Quelque Cesar sera le vangeur d'un tel tort.

M. Antoine.

207 Antoine ne veult vivre apres si grande injure
Sans en estre vangeur, des ceste heure il s'asseure
De mourir quelques jour sous le luisant harnois,
210 Pour defendre le droict du domteur des Gaulois.

Cesar.

Mais laissons ces devis, et parlons de l'affaire,
Qui plus de tout cela se monstre necessaire:
213 Vous allez au Senat.

####### M. Antoine.

Ja le soleil est hault
Ce qui me faict haster puis vous sçavez qu'il fault
S'assembler aujourdhuy, et que vostre presence
216 Est requise sur tout.

####### Cesar.

Je feray diligence
Allez vous en devant, et proposez tousjours
Mon dessein, tout ainsi qu'en scavez le discours.

La troupe des soldats de Cesar.

le premier.

219 Braves soldats, ou est le temps?
Ou est la fureur de nos ans?
Ou sont les premieres tempestes
222 Devancieres de nos conquestes?
Ou est l'orage tournoyant?
Ou est le froissis abboyant
225 Le sein de Tethys courroucée,
Lors que d'un Aquilon chassee
Aguisoit ses ondes aux cieux
228 Emmontaignees en cent lieux?
Ou est la bataille trampee
À la poursuyte de Pompée?

le second.

231 Je resen encor dedans moy
L'esguillon du premier esmoy,
Faire renaistre ceste envie
234 De remettre encores ma vie
Au hazard du premier danger:
Je me resens encourager,
237 Tout prest de r'essayer la peine
Qui ensuit la poudreuse plaine:
Je sen rallumer derechef
240 Ce qui nous feit lever le chef
Entre les triomphes de gloire,
Qui ensuyvirent la victoire.

le premier.

243 »Ce n'est seulement que l'honneur
»Qui resuscite la grandeur,
»Esguillonnant la brave audace
246 »D'une noble et premiere race.
»L'honneur est le seul nourricier
»De la prouesse d'un guerrier,
249 »C'est l'esperon qui seul le pique
»Defendant une Republique:
Tousjours par luy se sont espris
252 Premierement les bons esprits,
Pour premiers oser entreprendre
Le chemin foulé d'Alexandre.

le troisieme.

255 »La force ne vient d'autre part:
»Car incontinent qu'un soldart
»S'est mis devant les yeux la gloire,
258 »Il tient à demi la victoire:
La force luy double, et le cueur
Se sentant ja presque vainqueur,
261 Luy enfle dedans la poictrine,
Qui d'honneur et de gloire pleine
En luy fait apparoistre encor'
264 Les vaillantises d'un Hector,
Et les prouesses dont Alcide
Vengea le Geant homicide.

le quatrieme.

267 Pendant que les premiers Gregois
Furent gouvernez par les Rois
Jaloux de ceste belle gloire,
270 Ils estendirent leur victoire
Sur les plus farouches domtes,
Et de ces peuples surmontes
273 Le faisant maistres, par le monde
S'espandit leur gloire feconde.
Ainsi le brave fils d'Æson
276 Rapporta la riche toison,
Et d'une audace plus hautaine
Rama premier l'humide plaine.

le troisieme.

279 La gloire feit premierement
Bienheurer leur commencement:
Mais quant-et-quant que la paresse,
282 Se feit de leurs neueux maistresse,
La covardise des derniers
Vint desmentir les devanciers:
285 »Car un champ voire plus fertile
»Le rend en la fin inutile,
»Si le soc n'est souvent caché
288 »Au plus creux de son dos tranché.

le quatrieme:

»Jamais la semence feconde
»De ceux qui ont domté le monde
291 »Ne tint le loisir paresseux
»Avecque les biens des ayeux:
»Jamais de l'Aigle genereuse
694 »Ne vint la colombe paoureuse.

le premier.

Mais il fault craindre les malheurs
Qui suyvent souvent les vainqueurs,
297 C'est, que n'ayant plus resistance,
Eux-mesme contre leur puissance
Prennent les armes, encor' plus
300 Se font esclaves des vaincus.

Acte Second:

Marc Brute.

Rome, jusques à quand, jusques à quand sera-ce,
Que tu pourras souffrir une nouvelle audace
303 Eslever par sur toy le bras imperieux,
Avec l'impieté d'un chef presomptueux?
Quel souvenir te point! Quel honneur t'esguillonne
306 Des ayeux, des neveux? quelle franchise ordonne
Que tu craignes celuy que soigneuse tu as
D'un soing plus curieux nourri entre tes bras?
309 Encores plus, malheur! qu'il te tienne contraincte
Sans qu'à tes nourrissons tu en faces complaincte:
Qui pour te racheter du servage inhumain,
312 Remettent sus l'honneur du vieil peuple Romain.
Rome, n'as-tu assez cogneu la convoitise
Que Cesar va cachant dessous une feintise?
315 Ce traistre, ce cruel, cest ingrat eshonté,
De qui la trahison avec la cruauté
Oncques ne sceut cacher par menteur artifice
318 L'infame volonté de son infame vice.
    Et toy, ô Dieu Guerrier, de qui nos devanciers
En bon heur et grandeur furent les heritiers,
321 S'il te souvient de Rhee, et de tes fils bessons,
Que tu as eslevé du milieu des buissons
Pour rebastir encor' une nouvelle Asie,
324 Souvienne toy du sort de ceste tyrannie:
Remets devant tes yeux les sages Fabiens,
Les Metelles vaillans, et les Fabriciens,
327 Et ces deux qui premiers pour le salut publique
Se mirent au danger d'une meurtriere picque,
Et oserent mourir de propre volonté,
330 Pourveu que par leur mort l'honneur fut racheté.
Mais nous abastardis, trop indignes de naistre
Du moindre successeur du moins vaillant ancestre,
333 Nous endurons encor' au plus beau de nos ans
Resusciter l'orgueil des sept premiers Tyrans.
Brute resouvien toy (puis que seul je demeure
336 Qui veult plustost mourir que le Tyran ne meure)
Resouvien toy du nom que tu has, et retiens
Encor' de la vertu de tous les anciens:
339 He Brute! retiens en, tout au moins, le courage
Et ne te soüille ainsi d'un infame servage.
Hé Brute! ton pays ne te peult il mouvoir?
342 La voix des citoyens n'ha elle le pouvoir
De t'enflamer le cueur trop abject et servile,
Te reprochant que Brute est absent de la ville?
345 Et, pauvre! ce pendant tu la vois endurer,
Sans luy donner moyen de pouvoir esperer,
Ny des siens, ny de toy, qui contemne l'audace,
348 La noblesse et vertu de ton antique race.
    Non, qu'un tel deshonneur ne me soit reproché,
Que d'avoir patient trop longuement caché

351 Le vouloir qu'ay receu de ma premiere race,
Pour un jour estoufer ceste royale audace.
»Non, on ne veit jamais un homme de grand-ame
354 »S'estre faict serviteur: car l'honneur qui l'enflâme
»Fait qu'il ne veult jamais servir à son pareil.
Et or' la liberté servira de Soleil
357 A Brute, pour prouver à chascun qu'il est homme,
Descendu de celuy qu'on regrette dans Romme,
»Le lyon que Lybie esleve entre ses bras,
360 »Le taureau, le cheval ne prestent le col bas
»A l'appetit d'un joug, si ce n'est par contraincte:
Fauldra il donc que Rome abbaisse sous la craincte
363 De ce nouveau tyran le chef de sa grandeur,
Et face malgré soy ce qu'ils ont en horreur?
Rome effroy de ce monde, exemple des provinces,
366 Laisse la tyrannie entre les mains des Princes
Du Barbare estranger, qui honneur luy fera,
Non pas Rome, pendant que Brute vivera.
369 Rome ne peut servir Brute vivant en elle,
Et cachant dedans soy ceste antique querelle.
Ce n'est assez que Brute aist arruché des mains
372 D'un Tarquin orgueilleux l'empire des Romains,
»S'il n'est contregardé. Le neveu ne merite
»Estre heritier des biens, si l'ayeul ne l'excite
375 »A suyvre sa vertu, et si avec les biens
»Il ne monstre le cueur de tous ses anciens.
Brute monstre toy donc, et d'une belle gloire
378 Voüe aujourdhuy ta vie à la longue memoire:
Autrement tu n'es pas digne d'avoir vescu,
Si apres toy ne vist l'honneur d'avoir vaincu.
381 Brute fais aujourdhuy, fay, fay que Cesar meure,
A fin que à tout jamais la memoire demeure
Ennemie du nom de ce Tyran cruel,
384 Comme vivant je suis son ennemi mortel.
Et quand on parlera de Cesar et de Romme,
Qu'on se souvienne aussi qu'il a esté un homme,
387 Un Brute, le vangeur de toute cruauté,
Qui aura d'un seul coup gaigné la liberté.
Quand on dira, Cesar fut maistre de l'empire,
390 Qu'on die quant-et-quant, Brute le sceut occire.
Quand on dira, Cesar fut premier Empereur,
Qu'on die quant-et-quant, Brute en fut le vangeur.
393 Ainsi puisse à jamais sa gloire estre suyvie
De celle qui sera sa mortelle ennemie.
Puissent à tout jamais ceux qui viendront de nous
396 Sentir, en tel besoing, en leur cueur le courroux
Que je couve dans moy, et dont ja l'estincelle,
Tro(m)p long temps patiente, aujourdhuy se décelle:
399 Puissent, puissent-ils voir reflorir quelquefois
L'ennemi des Tyrans et des iniques Rois.
O mais trop otieuse! ô fureur patiente!
402 Voire trop patiente, apres si longue attente.

Hé! que n'ay-je desja faict esprouver la mort
A ce Tyran cruel, pour nous venger du tort
405 Qu'il a faict aux Romains? que n'ay-je en ses entrailles
Enterré le loyer de toutes les batailles,
Dont aux champs Espaignols il se veit le vainqueur?
408 Que n'ay-je des quatre ans, faict faire de son cueur
Un gallion flottant dedans le fleuve mesme
Que le sang auroit faict delaissant le corps blesme?
411 Mais ce n'est rien perdu, si encores l'amour
Que je porte au pays se remonstre à ce jour,
A ce jour bien heureux, qui aura jouissance
414 De revoir entre tous l'entiere delivrance
Du pouvoir, de l'honneur que toute antiquité
Avoit si bien acquis à sa posterité:
417 De revoir les tresors que ce meschant desrobe,
Estre remis au mains du peuple à longue robbe.
Et vous Brute, c'est or' qu'il fault que la vertu,
420 Qui a si longuement dedans vous combatu
Pour se monstrer encor, vous face dedans Romme
Bravement esprouver si vous estes tel homme
423 Que vostre nom tesmoigne, et si avec le nom
Vous cachez dans le cueur de ce premier brandon
Dont vos vaillans ayeux eurent l'ame eschaufee.

M. Brute.

426 Tant que l'impieté et l'audace estoufee
De ce Tyran injuste ayent pris fin par nous,
Le somne distillant ne me peult estre doux,
429 Tant m'est à entrecueur le sort de ce servage

Cassius.

Je sen mon cueur, mon sang, mes esprits, mon courage,
Et rompre, et bouillonner, et brusler, et bondir,
432 Tous conjurans en un, à fin de m'enhardir
A espuiser son sang, et de plus grand' audace
Et de pieds et de mains l'aborder face-à-face.
435 Armé d'un tel vouloir je veulx, je veulx cacher
La dague en sa poitrine, et ne l'en a rracher
Sinon avec la vie, à fin que puisse dire,
438 Qu'auray tué d'un coup et Cesar et l'Empire.
Tout ainsi qu'un lion qui descendant d'un bois,
Apres avoir ouï une buglante voix,
441 Vient sur l'herbe affronter avecque sa furie
Le taureau, dont à l'heure il desrobe la vie:
Ainsi je veux sur luy ma fureur attiser,
444 Et par un mesme coup ceste guerre appaiser.
Ce traistre ravisseur de la franchise antique,
Ce larron effronté de tout le bien publique,
447 Ne doit-il pas vomir sa rage avec le sang
Par une mesme playe? Et estre mis au rang
Des haineurs du pays? Il fault, il fault qu'il meure
450 Par ma main vangeresse, et ores qu'en mesme heure
Je hazarde ma vie es mains des ennemis:

*Car celuy meurt heureux qui meurt pour son pays.
453 Mais qui vous entretient en si longue pensée,
Puisqu'il fault mettre fin à l'affaire pressée?
Si le soleil levant vous a veu tormenté
456 Il fault qu'à son coucher il voye liberté
Remise par vos mains en sa vigueur plus forte:
Jo suis appareillé pour vous y fuire escorte
459 Et mettre le premier, quand il sera besoing,
Le courage en mon sang, et la dague en mon poing
Parlez que tardez vous? encore que je sçache
462 Le but de nos desirs, et qu'en vous ne se cache
Un cueur dissimulé, si veux-je bien sçavoir
Encore par la voix quel est vostre vouloir.

M. Brute.

465 Que demandez vous plus? voules vous d'avantage?
Puisque vous cognoisses de Brute le courage
C'est assez, c'est assez puisque avons arresté
468 Mourir ou rachepter l'antique liberté.

Decime Brute.

Que demeurons nous tant? ou est nostre asseurance
Abusera-il encor de nostre patience?
471 Ce jour, ce jour heureux qu'avons tant desiré
Ores se rend à nous, et le bien esperé
Est encore a venir! voyci l'heure presente,
474 Et retenez encor vostre main patiente!

M. Brute.

»Nous l'aurons assez tost, pourveu que l'ayons bien.

D. Brute.

»Il ne fault point attendre, en ce pendant qu'un bien
477 »Commun aux Citoyens (et) à toute la patrie
»S'offre dans nostre main, et à soy nous convie.
»Ne scavez-vous pas bien que le plus grand seigneur
480 »Familier d'un Tyran, deviendra serviteur
»Encore qu'il soit libre? Et vous si d'avantage
Vous hantez sous son toict, vous perdrez le courage,
483 Et deviendrez son serf: Mettons donques la fin,
Sans d'avantage attendre à son vouloir mutin.
N'endurons plus sur nous regner un Ganymede,
486 Et la moitié du lict de son Roy Nicomede:
Dont le jour est tesmoing, ou lon ne veit monté
En triomphe celuy qui l'auroit surmonté:
489 Lors que la voix des siens enseigna la premiere
Qu'il le falloit garder de ce chauve adultere,
D'un Egiste public, d'un commun ravisseur,
492 Qui ne pardonneroit voire à sa propre sœur.
La Gaule le scait bien, et l'en maudit encore:
L'Ægypte en est certaine, et sur la rive more
495 Enoé le tesmoigne, et encore ce meschant
Vit entre les Romains!

---

*) Die Verse 452—460 u. 479—487 sind in dem Exemplar der Bibl. Geneviève weggerissen und hier nach einem Druck der Bibliothèque nationale ergänzt.

Cassius.

Il scaura q'un trenchant
Peult par un mesme coup mettre fin à sa vie,
498 A son heur et malheur, sa force et son envie.

D. Brute.

Qu'attendez-vous donc plus?

M. Brute.

Qu'il s'en vienne au Senat
Là nous pourrons avoir matiere de debat,
501 Comme avons arresté.

Cassius.

Encore qu'il demeure
Plus long temps à venir, si fault il bien qu'il meure.

D. Brute.

Je m'en vay au devant, sans plus me tormenter,
504 Et trouveray moyen de le faire haster.

M. Brute.

Et nous en-ce-pendant d'une audace commune
Nous nous tiendrons tous pres d'essayer la fortune,
597 Et trouverez à l'œuvre un chascun attentif.

Cassius.

Mais j'ay je ne sçay quoy qui me detient pensif.
N'estes vous pas d'advis que de force pareille
510 Nous abordions Antoine, à fin qu'il ne resveille
L'orgueil de ce Tyran en ses nouveaux amis?

M. Brute.

Je vous ay tousjours dict que ce n'est mon advis.

Cassius.

513 Si seroit-ce bien faict, arrachans la racine
Avecque le gros tronc de tout ceste vermine,
De peur qu'ell' ne revive, ou que le pied laissé
516 Ne resemble celuy qui l'auroit devancé

M Brute.

C'est assez, soyez prest, pendant que je regarde
Que chascun de mes gens se tienne sur sa garde.

Cassius.

519 Tu verras aujourdhuy, antique Palatin,
Eschine Saturnale, et toy mont Avantin,
O croupe Quirinale, ô grandeur Celienne
522 O Vimal ancien, et haulte Exquilienne,
Et vous arcs de triomphe, honneur d'antiquité,
Vous verrez aujourdhuy renaistre liberté.

La troupe.

le premier soldat.

525 C'est ores que la terre toute
La grandeur de Cesar redoute:

Soit ceste part ou le Soleil
528 Retire son beau teinct vermeil,
Et l'or de sa perruque blonde
Hors les bras de la prochaine onde,
531 Qui se ridant en mille plis,
Ore en oeillets et ore en lis,
Et ore en roses vermeillettes,
534 Et mille petites fleurettes,
Semble qu'elle face l'amour
A Phebus le dieu porte-jour:
537 Soit celle part ou la carriere
Qu'il a ja delaissé derriere
Est esgale à celle qui suit,
540 Dont il voit un peuple tout cuict,
Qu'il chasse à flammesches ardantes
Dans les cavernes noircissantes:
543 Soit celle part, ou s'abbaissant
Il va nostre monde laissant,
Et à teste courbe il s'eslance,
546 S'absentant de nostre presence,
A fin d'abreuver ses chevaux,
Dedans le ventre des grans eaux.

le second.

549 Les campaignes Thessaliennes,
Et les bouches Egyptiennes
A l'aborder de sa fureur
552 Changerent leur blanche couleur:
Le Nil encores le redoute,
Ou ceux qui souloyent mettre en route
555 Les plus fors et plus avances
Furent eux-mesmes repoussez,
Et chassez hors de leurs provinces:
558 Ou de la chair des plus grans Princes,
Qui s'estoyent contre luy bandez
Furent des chiens aviandez.

le premier.

561 Mais n'avez vous point souvenance
De quel cueur, de quelle constance
Il aborda les plus felons,
564 Et les plus braves esquadrons,
Quand d'une diligente suyte
Il meit ses ennemis en fuyte?

le troisieme.

567 Chose estrange! d'avoir batu
Un Pompee, dont la vertu
Avoit faict preuve suffisante
570 De sa prouesse renaissante.

le quatrieme.

Et plus estrange d'avoir veu
Un tel Guerrier estre deceu,
573 Apres avoir acquis la gloire
De la Palestine victoire.

le second.

»Fortune qui entre ses mains
576 »Va pesle-meslant les humains,
»Enyvre de pareils breuvages
»En la parfin les grans courages.

le quatrieme.

579 »Le plus souvent les vertueux,
»Les guerriers plus chevaleureux,
»Font essay de la main puissante
582 »De ceste Deesse inconstante,
»Dont le vouloir est plus legier
»Que les fleches qui fendent l'air.

le troisieme.

585 Xerxe ce vaillant capitaine
Fleau de la Gregeoise plaine,
Qui premier osa faire un pont
588 Sur les vagues de l'Helespont,
Pour passer sa gendarmerie
En l'Europe joincte à l'Asie,
591 Luy grand Monarque et de grand cueur,
Apres avoir esté vainqueur
Aux plaines et devant les villes,
594 Feit essay dans les Thermopyles
»Que fortune n'a pas tousjours
»Favorisé un heureux cours.

le premier.

597 Pensez vous pourtant si nous sommes
L'horreur du demeurant des hommes,
Et que Cesar ayant domté
600 Tout le monde, soit redouté,
Que soyons seurs de nostre vie?
Pensez vous point que quelque envie
603 Ne se couve secretement
Apres l'heureux avancement
De ses desirs? si fait, Fortune
606 Ne luy peult estre tousjours une,
Et crain bien qu'en nostre malheur
Ell' ne desserre sa fureur.

le second.

609 Ainsi meit-elle la puissance
Des premiers Rois hors d'esperance
De jamais remettre la main
612 Sur le col du peuple Romain.

Acte Troisieme.

Calpurnie.

Las! qu'ay-je souspeçonné! Nourrice, qu'ay-je veu!
Quel malheur poursuyvant ay-je aujourdhuy preveu!
615 De perdre mon Cesar! Qu'un autre le menace!
Qu'il soit cruellement meurtri devant ma face!
Tué entre mes bras! las! je sens eslancer
618 Pesle-mesle une peur au fond de mon penser.
Las! le cueur me default, et je sen dans mes veines
Le poison englacé dont elles sont ja pleines:
621 L'air m'est tout ennuyeux, et ne puis retirer
Le vent en l'estomac pour me faire parler:
Je sen partout le corps mes forces amoindries,
624 Serve, trop serve, helas! des craintes ennemies.
O vous dieux familiers, si quelque soing vous tient,
Et si quelque amitié des hommes vous detient,
627 On vous peult inciter à estre favorables
Pour le secours heureux des pauvres miserables:
Ne permettez, bons dieux, que le jour resemblant
630 Soit en nostre malheur à ce songe sanglant.
Ne permettez, bons dieux, en luy quelque puissance,
Et que de l'advenir il face demonstrance.
633 Le cueur, helas! me tremble, et la froide sueur,
Qui coule de mon cœur me fait naistre une horreur,
Quand je me resouvien de ce qu'ay veu en songe.
636 Je sen dans ma poictrine un' humeur qui se plonge
Aux mouelles de mes os, et puis s'en va glissant,
Tout ainsi qu'un serpent, par le corps pallissant:
639 Et ne sçay souspeçonner quel malheur plus estrange
Mon esprit me predit. Hé! quel destin se range
A lencontre de moy! Hé! pauvrette, je suis
642 Femme du grand Cesar, et vivre je ne puis
Libre des passions, libre de toute crainte,
Qui me detient ainsi qu'une geenne contraincte.
645 »Heureux et plus heureux l'homme qui est content
»D'un petit bien acquis, et qui n'en veult qu'autant
»Que son train le requiert: las! il vit à sa table
648 »Toujours accompagné d'un repos desirable:
»Il n'ha soucy d'autruy, l'espoir des grans tresors,
»Ne luy va martelant ny l'ame ny le corps:
651 »Il se rit des plus grans, et leurs maux il escoute,
»Il n'est crainct de personne, et personne il ne doute
»Il voit les grans seigneurs, et contemplant de loing
654 »Il rit leur convoitise et leurs maux et leur soing,
»Il rit les vains honneurs qu'ils bastissent en teste,
»Dont les premiers de tous ils sentent la tempeste,
657 »Si le Ciel murmurant les voit d'un mauvais oeil
»Accablant tout d'un coup le bonheur et l'orgueil:
Comme je prevoy bien nostre proche ruine,
660 Si le peuple Romain une fois se mutine.

la nourrice.

Comment, mon cher esmoy, que veult ce nouveau deuil?

Que veulent tant de pleurs escoulans de vostre oeil?
663 Quelle subite peur vous surprend et martire?
Quelle frayeur, helas! vostre beau teinct empire?
Que peult-il advenir, pour lamenter si fort,
666 A la femme de cil qui gouverne le sort?

Calpurnie.

Nourrice, je ne scay quel destin me menace:
Mais une peur tremblante en ma poitrine efface
669 Tous les plaisirs passez, et ce subit effroy
Semble quelque malheur predire contre moi.

la nourrice.

Mais, pourquoy craignez vous? N'estes vous pas aimee
672 De vostre grand Cesar, dont la puissance armee
Fait craindre Rome mesme, et qui ha sous sa main
Paisible gouverné tout ce peuple Romain
675 L'espace de quatre ans?

Calpurnie.

    Je ne suis plus heureuse
»Nourrice, car la crainte est plus imperieuse,
»Que le pouvoir d'un Roy.

la nourrice.

     Vous scavez que la peur
678 »Ne trouva jamais lieu sinon en petit cueur.
Si donc vous resentez un feu de vostre ancestre,
Ne la laissez paoureuse en vostre cueur renaistre:
681 Mais dites, je vous pry, qui vous cause ces pleurs?

Calpurnie.

Tant seulement un songe enaigrit mes douleurs.
Desja sur nostre pol ceste estoille argentine,
684 Qui annonce le jour, entroit dans la courtine,
Dont se distille en nous le somne qui la suit,
Et ja s'estoyent passez les deux tiers de la nuict
687 Quand je senty couler au plus creux de mes mouelles
Le somne gracieux, flatant de ces deux aelles
Le plus fort de mon soing, et voyci, ô bons dieux!
690 Un estrange malheur present devant mes yeux.
Nourrice, tenez moy, la force me delaisse,
Je sen mon cueur estrainct ainsi qu'en une presse.

la nourrice.

693 Madame, reprenez le courage laissé,
Et suivez le propos comme avez commencé.

Calpurnie.

Voyci entre mes bras, helas! le cueur me tremble,
696 Mon César massacré, ainsi comme il me semble,
Le sang en toutes pars luy couloit de son corps,
Ne luy restant sinon la place entre les mors:
699 Je m'esveille en sursault, et or' que je le touche,
Si ne croy-je pourtant qu'il soit dedans la couche:

Je luy taste le bras, la poictrine et le flanc,
702 Et semble que tousjours je me mouille en son sang:
Je regarde entour moy, et ce qui plus m'estonne,
Je voy ma chambre ouverte ou il n'y a personne.
705 Nourrice de ceci que pourrois-je penser,
Sinon que quelque mal nous vueille devancer?

la nourrice.

»Laissez cela, Madame, et pensez que la craincte
708 »Ne se doit appuyer sur une chose feincte.
»Le songe est un menteur, tout prest pour tormenter
»Cil qui facilement se laisse espouvanter.
711 Et quand il seroit vray ce qu'il vous represente,
Si est-ce qu'il ne fault s'en monstrer mal contente.
»Les dieux souventes fois nous veulent advertir
714 »De ce qui nous menace, et y fault consentir,
»Plustost que desdaigner leur divine puissance.
»Il vauldroit beaucoup mieux pour une obeissance
717 »Appaiser leur courroux, que plorer plus long temps:
»Se prensenter à eux, et avecque l'encens,
»Parfumer les autels des temples honorables:
720 »Car, Madame, les dieux ne sont inexorables.
Non, que je soye de ceux qui ont opinion
Que verité s'assemble avec la fiction,
723 Et qu'on doive penser estre une chose vraye,
Ce qui en songes vains plus souvent nous effraye,
Et quand est de l'effroy qu'en songeant avez eu,
726 Comme vous racomptez, moins doit-il estre creu:
Car qui est celuy là qui porteroit envie
Au pere tant humain de toute la patrie?
729 Mais qui est celuy là, fust il audacieux
Ainsi que les Geans, prest d'escheler les Cieux,
Qui est-il celuy là qui osast entreprendre
732 D'affronter corps-à-corps le second Alexandre?
Laissez donc là ces pleurs, et comme un vent leger
Mettes esvanouir tous vos songes en l'air.

Calpurnie.

735 Dieu vueille qu'ainsi soit, ma fidele nourrice,
Mais si fault-il pourtant, qu'aujourdhuy je jouisse
Du don que je demande, et dont je l'ay prié:
738 Toutesfois il se rend tant serrément lié
Au profit du pays, qu'ores que je le prie,
Si ne veult-il pourtant contregarder sa vie.
741 Je luy ay racompté ce qui m'est advenu,
Mais sans en faire cas, il se sent plus tenu
Aux Romains qu'à soy-mesme, et chetive je doubte,
744 Que le trop grand amour qu'il leur porte, ne couste
La vie à mon Cesar. Mais ne le voy-je pas?
Si est-ce qu'il me fault l'arrester de ce pas.
747 Mes prieres, helas! n'ont elles la puissance
De vous tenir un jour?

Cesar.

Que je mette asseurance

En ces songes menteurs! non, de Cesar le cueur
750 Ne sera vainement arresté par la peur.
Calpurnie.
Aumoins si ne voulez asseurer vostre vie,
Faites à tout le moins pour celle qui vous prie.
753 Mettez devant vos yeux les presages certains,
Qui sont depuis n'aguere apparus aux Romains,
La teste de Capys, et les chevaux sans brides
756 Plongez incessament en leurs plainctes humides.
Cesar.
Bien, puis que je ne puis appaiser autrement
Le vouloir obstiné de ce fascheux torment,
759 Laissons pour ce jourdhuy nos desseins à parfaire:
Prenez que je luy donne un jour pour luy complaire.
D. Brute.
Magnanime Cesar, vous est-il advenu
762 Ores d'estre dompté? vous qui avez tenu
Les guerres par dix ans contre l'audace fiere
D'un Barbare estranger, et or' par la priere
765 Qu'une femme vous fait je vous voy surmonté!
Chose estrange! de voir Cesar qui a domté
Les plus braves du monde, estre serf d'une femme.
768 Ce n'est plus ce Cesar, qui d'une plus grand' ame
Foula dessous ses pieds et la gloire et l'honneur
Des sept bouches du Nil, et qui domta l'honneur
771 Des nourissons du Rhin et de ceste grand' plaine
Qui suit l'eau doux-coulante au gravier de la Seine.
Les peuples ennemis pourront en ce pendant
774 Despiter les Romains à leur aise, attendant
Les songes plus heureux d'une femme paoureuse.
»On dit, on dit bien vray, la femme imperieuse
777 »Fait plus avec les pleurs, qu'un guerrier furieux
»Depuis qu'elle a caché un venin en ses yeux.
Cesar.
Je me sens agité, ainsi qu'on voit au vent
780 Un navire forcé, que le North va suyvant:
Madame d'un costé me retient, et me prie
Que j'evite aujourdhuy le hazard de ma vie:
783 Brute d'autre costé me propose l'honneur:
Et je sen dedans moy un magnanime cueur,
Qui m'empesche de croire aux songes d'une femme.
786 Mais j'aime mieux la mort qu'endurer un tel blasme.
Croire en un songe vain! qu'il me soit reproché
Que j'aye trop paoureux dedans mon cueur caché
789 Un vouloir affoibli! Non pas tant que je vive,
Le Tybre ne verra Cesar dessus sa rive
Amoindri de courage, et si j'aime bien mieux
792 Mourir tout en-un coup, qu'estre tousjours paoureux:
Ne m'en parlez donc plus, et pensez que la vie
Ne m'est tant que l'honneur.
Calpurnie.
Hé pauvre Calpurnie!

795 Tu dois bien maintenant levant les mains aux cieux
Appuyer ton secours sur la pitié des dieux,
Puis qu'il n'en reste aucun en tes humbles prieres.

la nourrice.

796 Non non, si le pouvoir des nations plus fieres
Ne l'ont sceu estonner, ne pensez pas qu'il soit
Facile d'empescher les desseins qu'il conçoit,

Calpurnie.

801 Helas! je le scay bien: mais allons, ma nourrice,
Pour appaiser les dieux par un humble service.

La troupe.

le premier soldat.

Soldats, j'ay encor' souvenance
804 Qu'avez parlé de l'inconstance
De la deesse aux yeux bandes:
Mais je vous prie regardez
807 S'il est possible qu'elle face
Tomber sur Cesar son audace:
Luy qui n'eut jamais un haineur
810 Qui n'aist esprouvé sa fureur.
Vous veistes de quelle puissance
Il s'est acquis la jouissance
813 De ce grand empire Romain:
Puis vous le veistes plus humain
Redonner librement la vie
816 A tout' ceste troupe bannie,
Qui avoit mis tout son effort
Pour luy faire sentir la mort.

le second.

819 Mais j'ay souvent entendu dire
»Que cil qui arrache un empire
»D'entre les mains de liberté,
822 »Se voit en la fin tormenté:
»Et que tousjours la mort sanglante
»Suit une force renaissante.

le premier.

825 »Tousjours, tousjours l'estat des Rois
»Est plein de perils et d'effrois,
»De meurtres, de sang et querelle,
828 »Et jamais de mort naturelle
»Ils n'allerent paisiblement
»Dans le ventre d'un monument.
831 Soldats, tout ce que je propose
Ne se dit point pour autre chose,
Sinon que je scay de long temps,
834 Que quelques-uns sont aspirans
A une franchise premiere:
Et cela me donne matiere
837 De souspçonner quelques malheurs,
Considerant aussi les pleurs
Et la crainte de Calpurnie.

le second.
840 La pauvrette craint que la vie
Ne luy soit inhumainement
Avecque le gouvernement
843 En un mesme jour arrachee.

le premier.
Elle s'en va toute faschee
Tordant ses bras, la larme à l'œil,
846 Et demeine un estrange dueil
De ce qu'il ne l'a voulu croire.

le quatrieme.
Si j'ay encor' bonne memoire,
849 J'ay entendu que les Troyens
Ne feirent compte des moyens
Dont les advertissoit Cassandre,
852 Pour ne se voir reduiots en cendre,
Dont les menaçoyent les Gregois.

le second.
Ceste prophete quelquefois
855 S'en courut toute eschevelee,
Et d'une fureur esbranlee
Predisoit à tout son païs,
858 Que la ravie de Paris
Portoit une commune playe
Pour toute la ville de Troye.

le premier.
861 Ell' ne fut creue, et sur leur port
Ils veirent le prochain effort
De toute l'Europe embrasee,
864 Leur ville tout soudain rasee,
Les palais, les murs, et les forts
Proye des plus cruels efforts
867 De mille devorantes flammes.

le quatrieme.
Et puis on pense que les femmes
Ne soyent pourveues de conseil,
870 Et je crain qu'un mesme soleil
Ne l'aist veue un malheur predire
Et qu'il ne voye ceste empire
873 Cruellement ensanglanté
Sous l'ombre d'une liberté.

Acte Quatrieme.

Calpurnie.
Mais dont me peult venir ce subit treblement?
876 Cest effroy redoublé, et cest estonnement?

le messagier.
Quel tourbillon de vent me ravira de terre?
Quelle espesse nuee, et quel aspre tonnerre

879 Me toucheront d'un coup et l'oreille et les yeux,
Pour ne voir ny ouir un faict si malheureux?
O trop cruel destin! horribile, detestable;
882 O maison de Cesar et pauvre et miserable!

Calpurnie.
Hé! nourrice, il est mort.

la nourrice.
Prestez icy la main
Elle est esvanouye.

Calpurnie.
O desastre inhumain!

la nourrice.
885 Ne craignez rien, Madame, il est encor' en vie.

Calpurnie.
Ne me celes plus rien, aussi bien ay-je envie
De m'en aller apres: messagier, poursuyvez
888 A racompter ces maux ainsi que les sçavez.

le messagier.
Hé! fault-il que je sois d'un malheur tant estrange
Le rapporteur? Je sen une voix qui se change
891 Trembloyante en ma bouche, ainsi qu'on voit souvent
Les roseaux se ployer sous le souspir du vent.
Mais puisqu'il est ainsi, et que la mort celee
894 N'est que pour enaigrir une fureur meslee
Avecque le souspeçon, je diray ce qu'ay veu:
Vostre Cesar sortant d'avec vous a receu
897 Un livre pour present, avecque la priere
De le lire sur l'heure, ô l'asseurance entiere!
Il n'en a faict grand compte: et en ce mesme estat
900 Sans faire sacrifice est entré au Senat:
Là tousjours importun Cimber Tulle s'oppose
A son chemin, feignant luy vouloir quelque chose,
903 Luy presente un placet, et tousjours le poursuit:
Tout ainsi qu'un poullain quand la poutre s'enfuit.
Or le pressant ainsi en sa requeste feincte,
906 Vostre Cesar a dict, c'est bien plus tost contraincte
Que priere, et alors Casca tout furieux,
La dague dans la main, la fureur dans les yeux
909 Qu'il rouilloit çà et là, luy a ceste meurtriere
Caché dedans la gorge, et d'audace plus fiere
Brute le secondant la d'un coup arresté,
912 Luy faisant esprouver la mesme cruauté:
Mais le pauvre Cesar voyant la resistance
Ne luy pouvoir servir contre telle puissance,
915 S'est caché de sa robbe, et en ce grief torment
A prins garde sur tout de choir honnestement.

Calpurnie.
O changement estrange! ô cruelle journee!
918 O songe, non plus songe, ains verité donnee

Trop veritablement! Que mon Cesar soit mort
Par le glaive de Brute! O miserable sort!
921 Est ce ainsi que le ciel nos fortunes balance?
Est-ce ainsi qu'un bien-faict le bienfaict recompense?
Ceux qu'il a maintenus, ceux qu'il a eslevez,
924 Ausquels il s'est fié, sont les premiers trouvez
Coulpables de sa mort. Que maintenant la terre
Se départisse en deux, à fin qu'elle m'enserre
927 Au plus creux de son ventre, et qu'en un mesme jour
Le gendre de Ceres nous voye en son sejour.
Venez doncques à moy, venez faux homicides
930 Destramper vostre rage en mes veines humides,
Vien, vien d'un mesme fer percer mon pauvre cueur,
Brute: car autrement tu ne seras vainqueur.
933 De mon mari Cesar, j'en suis une partie
Qui reste encor' vivante: arrache donc ma vie
Coronnant ton mesfaict, puisqu' une mesme main
936 A massacré celuy qui te fut tant humain:
Ne refuse la mort: fais, hélas! que je meure,
Afin que plus long temps pauvre je ne demeure
939 Entre mille malheurs, que desja je prevoy
En mille et mille pars s'eslever contre moy.

la nourrice.

Madame, entrons dedans, craignant que la furie
942 N'enaigrisse tousjours leur audace ennemie
Contre vostre maison: n'arrestons plus icy.

Calpurnie.

Je veux bien que la mort arreste mon souci:
945 Car aussi bien la mort seulement me contente,
Puisque Cesar mourant tient en soy mon attente,
Et mon espoir heureux.

le messagier.

C'est or', c'est or' qu'il fault
848 Que les cercles dorez qui tournoyent là hault
Sur les pivots du monde, et tout ce que la terre
Douce mere de tous en son giron enserre,
951 Plore dessus la mort de ce grand Empereur,
Portant que ce desastre est un commun malheur.
Et toy, Flambeau des jours, compasseur des annees,
954 Retien pour quelque temps tes flammes ordonnees,
Et ne les fouille ainsi, couvre d'obscurité
Les rays estincellans de la belle clarté.
957 Et vous traistres, ingrats, vous ennemis publiques,
Vous qui resuscitez les pauvretez antiques,
Puissiez-vous à jamais dechassez d'un chascun
960 Mendians de secours, estre argument commun
De toute impieté: puissiez vous par le monde
Vivre piteusement la vie vagabonde:
963 Puisse ceste fureur qui arma les Thebains
Vous mettre derechef le glaive dans les mains
Pour vous entretuer: qu'il ne se treuve Prince
966 Qui vous vueille endurer vivre dans sa province:

Que le pouvoir des dieux, et leur juste courroux,
Pour un si grand mesfaict, redouble contre vous.
969 En puissiez vous chanter la victoire Cadmee,
Captifs en la parfin d'une plus forte armee.

La Troupe.
le premier soldat.

Quand je remets devant mes yeux
972 L'estat des hommes soucieux,
»Et qu'il fault apres tant de peines,
»Tant de destresses inhumaines
975 »Laisser couler le plus souvent
»La vie, ainsi comme un grand vent
»Se laisse choir, si quelque nue
978 »Distille la pluye menue:
Quand je voy qu'apres tant de maux,
Il fault aller gouster les eaux,
981 Qui d'une inegalle cadence
Roulent au fleuve d'oubliance,
Je sens une pitié dans moy,
984 Qui redouble un fascheux esmoy
Jusques au plus creux de mes mouelles.

le troisieme.

»C'est le sort des choses mortelles,
987 »Et qui plus est, de prendre fin
»Incontinent que le Destin
»Les tient au hault de l'esperance:
990 »Telle est la divine ordonnance,
»Et avons ces malheurs receus
»Des l'heure que fumes conceus.

le quatrieme.

993 Nous avons beau nous en debatre:
»Car la nature est plus marastre
»Aux hommes, qu'aux aultre' animaux
996 »Et semble que par les travaux
»Nous payons assez la raison
»Qu'elle nous donna.

le second.

La saison
999 Ou nous sommes nous en fait sages:
Et en voyons bien les presages
En ceux qui sont les gouverneurs
1002 Du peuple et qui ont les honneurs.

le troisieme.

»Tant seulement pour ceste gloire
»Ils sont jaloux de la victoire,
1005 Mais le soldat est plus heureux
Encor' qu'il ne soit glorieux:
Plus content il quiert la fortune,
1008 Et n'est subject à la commune,
Si l'estat n'est bien gouverné.

le quatriesme.

Ainsi le ciel la ordonné
1011 Et ne trouvons nous guere Prince
Qui au plus beau de sa province,
Et lors qu'il se pense asseuré
1014 N'aist la mesme mort enduré.

Acte cinquieme.

Marc Brute.

Le Tyran est tué, la liberté remise,
Et Rome a regaigné sa premiere franchise.
1017 Ce Tyran, ce Cesar, ennemi du Senat,
Oppresseur du pays, qui de son Consulat
Avoit faict heritage, et de la Republique
1020 Une commune vente en sa seule pratique,
Ce bourreau d'innocens, ruine de nos loix,
La terreur des Romains, et le poison des droicts,
1023 Ambitieux d'honneur, qui monstrant son envie
S'estoit faict appeler Pere de la patrie,
Et Consul à jamais, à jamais Dictateur,
1026 Et pour comble de tout, du surnom d'Empereur
Il est mort ce meschant, qui decelant sa rage
Se feit impudemment eslever un image
1029 Entre les Rois, aussi il a eu le loyer
Par une mesme main qu'eut Tarquin le dernier.
Respire donc à l'aise, ô liberté Romaine,
1032 Respire librement sans la craincte inhumaine
D'un Tyran convoiteux. Voyla, voyla la main,
Dont ore est affranchi tout le peuple Romain.

Cassius.

1035 Citoyens, voyez cy ceste dague sanglante,
C'est elle, Citoyens, c'est elle qui se vante
Avoir faict son devoir, puisqu'elle a massacré
1838 Celuy qui mesprisoit l'Aruspice sacré,
Se vantant qu'il pouvoit malgré tous les plus sages
Changer à son vouloir les asseurez presages.
1841 Nous avons accompli massacrant ce felon,
Ce que le grand Heroul' accomplit au lyon,
Au sanglier d'Erymante, et en l'hydre obstinee
1044 Monstre sept fois testu, et vangeance ordonnee
Par Junon sa marastre. Allez donc, Citoyens,
Reprendre maintenant tous vos droicts anciens.

D. Brute.

1047 Puissent pour tout jamais ainsi perdre la vie
Ceux qui trop convoiteux couvreront une envie
Pareille à celle là: puissent pour tout jamais
1050 Perdre d'un pareil coup leur gloire et leurs beaux faicts.
»Ainsi, ainsi mourront, non de mort naturelle,
»Ceux qui voudront bastir leur puissance nouvelle

1053 »Dessus la liberté: car ainsi les tirans
»Finent le plus souvent le dessein de leurs ans.

Cassius.

Allons au Capitole, allons en diligence,
1056 Et premiers en prenons l'entiere jouissance.

M. Antoine.

J'invoque des Fureurs la plus grande fureur,
J'invoque le Chaos de l'eternelle horreur,
1059 J'invoque l'Acheron, le Styx et le Cochyte,
Et si quelque aultre Dieu sous les enfers habite.
Juste-vangeur des maux, je les invoque tous,
1062 Homicides cruels, pour se vanger de vous.
Hé! Traistres! est-ce donc l'amitié ordonnee
De desrober la vie à qui vous l'a donnee?
1065 Avez vous sceu si bien espier la maison
Pour mettre en son effect la feincte trahison
Conceue des long temps dedans vostre poictrine,
1068 Seule qui nous enfante une orgueilleuse Erynne!
J'atteste icy le Ciel seul juste balanceur
De tout nostre fortune et liberal donneur
1071 Des victoires, des biens, de l'heur, et de la vie,
Qu'ainsi ne demourra ceste faulte impunie,
Tant qu'Antoine sera non moins juste que fort.
1074   Et vous, braves soldats, voyez, voyez quel tort
On vous a faict, voyez, ceste robbe sanglante
C'est celle de Cesar qu'ores je vous presente:
1077 C'est celle de Cesar magnanime Empereur,
Vray guerrier entre tous Cesar qui d'un grand cueur
S'acquit avecque vous l'entiere jouissance
1080 Du monde: maintenant a perdu sa puissance,
Et gist mort estendu, massacré pauvrement
Par l'homicide Brute.

Le premier soldat.

Armons nous sur ce traistre
1083 Armes, armes soldats, mourons pour notre maistre
Si jamais nous avons croisez les ennemis
Aux froissis des harnois, si nous nous sommes mis
1086 Quelquefois au danger d'une trenchente espee,
Lors que nous poursuyvions la route de Pompee,
C'est maintenant soldats qu'il nous fault hazarder,
1089 Voire plus pro[m]ptement que n'est le commander:

M. Antoine.

Sus donques, suyvez moy et donnez tesmoignage
De vostre naturel et de vostre courage
1092 Pour Cesar, ne craignans de tomber au danger
De vostre propre mort pour la sienne vanger.
Moy, je vay remonstrer à ce peuple de Romme
1095 Quels malheurs nous promet la perte d'un tel homme,
Si elle n'est vangee ainsi qu'il appartient.

le premier.

    Voyez vous bien soldats, encor' il me souvient
1098 De nos propos tenus qui comme un seur presage
    Et certain messager d'un evident naufrage,
    Nous ont predict au vray l'homicide commis,
1101 De long temps machiné par ses propres amis
    Aumoins qu'il pensoit siens.

le second.

    »Ceste mort est fatale
»Aux nouveaux inventeurs de puissance Royale.

Fin.

Anhang II.

Julius Caesar.
Tragoedia.

Personae Dramatis.

C. Julius Caesar. M. Brutus.
C. Cassius. Decimus Brutus.
Calpurnia. Nutrix.
Chorus Civium Romanorum.

Actus primus.
Caesar.

Jam tota pene terra Romanos timet,
Et qua resurgens aureis Phoebus comis
3 Indos propinqua subditos tingit face,
Et qua cadentes pronus inflectens equos
Gratae sorori cedit alternas vices,
6 Patruique lasso stagna crispat lumine.
Quacunque Nereus margines terrae premit,
Reges vel ipsi Caesaris nomen timent.
9 Numerent triumphos, cum volent, alii suos,
Seque a subactis nominent provinciis:
Plus est vocari Caesarem. Quisquis novos
12 Aliunde titulos quaerit, is jam detrahit.
Numerare ductu vis meo victas plagas?
Percurrito omnes. Ipsa victrix gentium
15 Mihi Roma cessit. Ille tam magnus gener,
Ut pene nomen duceret jam impar sibi,
Terra marique fusus agnovit meas
18 Praestare vires: quemque noluerat parem,
Tulit priorem. Thessali caede hostium
Maduere campi; principum membris canes,
21 Avesque pastae; ductor ipse exterritus,
Fugare suetus, fugit, et notos petens,
Sensit manere raram in aerumnis fidem.
24 Quid ergo restat, quidve dignum Caesare
Subacta tellus exhibere ultra potest?
Caelum petendum est: terram jam vilet mihi.

27 Supreme Rector, qui verendo fulmine,
Iratus, orbis utrumque perterres polum,
Si verus esse sanguis Ascanii putor,
30 Generisque nostri tu ipse princeps auctor es:
Regni me in aliquam recipito partem tui,
Avos ut inter splendidum sidus meos,
33 Matris Diones proximam aspicium facem.
Jam vel mihi, vel patriae vixi satis:
Quid teneor ultra? jam mihi exactum est, geri
36 Sago togaque quidquid eximium potest.
Hostes perempti, civibus leges datae,
Digestus annus, redditus sacris nitor,
39 Compostus orbis: cogitari nec queunt
Majora cuiquam, nec minora a me geri.
 Vivam otiosus? at id quidem vix vivere est
42 Nec sol quietem, nec bonus princeps capit.
Cum vita partes muneris functa est sui,
Mors propera nunquam, sera nonnunquam venit.
45 Mihi multa vates dira minitantur quidem,
Suadentque, amicis ut meum stipem latus:
At enim timere Caesaris nunquam fuit.
48 Ignava mens rebusque non exercita
Vereatur atrae mortis incertum diem:
Generosus animus, quique se nullo videt
51 Scelere impiatum, sempor est liber metu.

Chorus: Sors rerum domina omnium
Non usquam stabili fixa manet pede,
54 Sed vultum assidue innovans,
Incertisque rotans omnia flexibus,
Aeternas variat vices.
57 Seu mitis faveat, sive premat nocens,
Vento mobilior volat.
Illam si nitida fronte reliquerit
60 Abdens lampada Delius,
Idem flammivomos cum modernus equos
Mundo restituet diem,
63 Sub vultu poterit cernere nubilo,
Queis praesens erat, abditam.
Nec solum exiguis rebus inaestuans
66 Privatas agitat domos:
Ipsis imperiis, dum libuit, novam
Inducit faciem ferox.
69 Haec regum arbitrio nos voluit regi,
Donec Tarquinii furor
Commovit proceres, tum rigidum ut semel
72 Cervice excuterent jugum.
Hinc nos cum Patrum, curaque Consulum
Tutos semper ab exteris
75 Jam per longa satis tempora praestitit;
Non a seditionibus,
Quas pene assiduas exitialiter
78 Fervens imperii sitis
Nonnullorum animis insita commovet.

Haec Gracchis animos dedit:
81 Haec Syllas, Mariosque in patriae luem
Armavit. Sed opus quid est
Prisca exempla referre? Haec quoque Caesarem
84 Commisit genero: neque
Impostus prius est horum odiis modus,
Quam Mars sanguine civium
87 Campos Pharsalicos undique tinxerit.
Tunc, Pompei, caput in tuum
Belli terrificus detonuit fragor.
90 Nunc Caesar solio insidens,
Optatis fruitur, proque libidine
Solus temperat omnia.
93 Sic jam nomine sub novo,
Regni forma redit vetus.
Atque hoc scilicet efficit
96 Non usquam stabili fixa manens pede
Sors rerum domina omnium.

Actus secundus.

M. Brutus: Quousque tandem, Brute, virtutem tuam
99 Dormire pateris otiosam degener?
Quousque differs, civitatem liberam
Tua videre vindicatam dextera?
102 Nihilne te virtus tuorum commovet,
Nomenque Bruti? Nihil gementis patriae,
Pressae a tyranno, opemque poscentis tuam
105 Conditio dura? nil libelli supplices,
Queis Brutum abesse civitatis vindicem
Cives queruntur? Haec parum si te movent,
108 Tua jam, vir ut sis, te satis conjux monet,
Fidem cruore quae tibi obstrinxit suam,
Testata sic se avunculi prolem tui.
111 Si ab exequendis te avocat coeptis timor,
Animusque pigro torpet ignavus gelu,
Ex femina perdisce, quid deceat virum.
114   An vero stirpis auctor, et princeps tuae,
Dominatione civitatem regia
Quod liberarit, post honores maximos
117 Complexus astra est; Servilius, a quo tua est
Deducta mater, Maelium in causa pari
Peremit: num exempla te per talia
120 Pigebit ire, et gloriam adipisci parem?
Mucrone salvo, atque artubus adhuc integris,
Videre Brutus, et pati regem potest?
123 Imo audeamus magnum aliquid et nos quoque;
Mactatus hacce dextera tandem cadat,
Qui quandocunque occiderit, sero cadet.
126 Pro patria confligere, augurium optimum est.
Generosiores frena detrectant equi:
Nec nisi coacti perferunt tauri jugum:
129 Roma patietur, quod recusant belluae?

Reges adorent barbarae gentes suos,
Non Roma mundi terror, et mundi stupor.
132 Vivente Bruto, Roma reges nesciet.
At vero non rex iste, sed dictator est.
Dum res sit una, quid aliud nomen juvat?
135 At nomen illud refugit, et oblatas sibi
Rejicit coronas. Fingere hoc, et ludere est.
Nam cur tribunos igitur amovit loco?
138 At mihi et honores, et semel vitam dedit.
Plus patria illis omnibus apud me potest.
Qui se tyranno in patriam gratum exhibet,
141 Dum vult inepte gratus esse, ingratus est.
O rem pudendam! mollis et vix vir satis,
Regit Quirites Martis ortos sanguine,
144 Totumque nutu pathicus orbem temperat.
Accingere, et vim, Brute, nunc profor tuam.
Accommoda orsis venit implendis dies.
147 Phoebus renascens subditos cives jugo,
Servosque vidit: liberos videat cadens.

Cassius. Brutus.

Cassius: O cujus alto nixa virtus pectore
150 Sperare Romam sola depressam jubet,
Magnanime Brute, Phoebus aurato diem
Adduxit ore, tam diu optatam mihi,
153 Qua patria nostra libera evadat manu.
Ita fausta votis sors meis respondeat,
Ut haec tyranni virulentum sanguinem
156 Haurire dextra gestit et vix se tenet:
Utque haec nihil me cogitantem praeter haec
Nox tota vidit. Sic in illum me feram,
159 Sic involabo, sic mucronem pectore
Condam scelesto: fors et ipsis dentibus,
Cervice dira noxium abscindam caput:
162 Cruente ut ore prodiens in publicum
Clamare possim: Roma tandem libera est.
Ferus ille animus, et publici invasor boni,
165 Tenues in auras dissipatus vanuit.
Tunc si vel atra morte sit pariter mihi
Mutanda vita, laetus atque alacer cadam.
168 Bene moritur, qui patriam moriens juvat.
Quid tu? quid alta mente tecum mussitas?
Annon eodem prorsus affectu cales?
171 Effare: nam quamvis legi in vultu potest,
Orationis sum tamen cupidus tuae.
Brutus: Quid me plura loqui opus est, Cassi?
174 Num mea tibi constantia nota est?
Semel inter nos stetit, aut vitam
Pectore forti simul abjicere,
177 Aut patriam transdere in antiquam
Libertatem. Semel hoc dictum est.
Aut hoc necesse est perfici, aut Brutum mori.
Cass.: O Romuleae gloria gentis,
Quam tibi vere rigido incoctum est

Pectus honesto: quam tua me animi
183 Oratio securum esse jubet!
Unus mihi nunc scrupulus restat:
Unane opera confodiendum
186 Cum Caesare ipso censeas Antonium?
Brut.: Jam saepe dixi, id esse consilium mihi,
Salvis perimere civibus tyrannidu.
Cass.: Perimatur ergo ab infimis radicibus,
Ne quando post hac caesa rursum pullulet.
Brut.: Latet sub uno tota radix corpore.
Cass.: Itan' videtur? amplius nil proloquar.
Tibi pareatur: te sequimur omnes ducem.
Vide modo, ut, cum opus erit, adsis, *Brut.* videro
Cass.: Ego interim meque et meos paravero.
Chorus: Quicunque forti pectore, patriam
Praeferre vitae non dubitat suae,
198 Ut vel per enses, propter illam,
Oppositosque feratur ignes:
Non summus illi rerum opifex Deus
201 Pigro revinxit pectora frigore,
Sed spiritus cessit superbos,
Indomitamque timore mentem:
204   Et bullienti plurima sanguine
Caelestia aurae semina condidit,
Et dixit: I, plebem prementes
207 Contere, nil veritus, tyrannos.
  Hac arte praestans Harmodius suos
Servavit, uno nixus amiculo:
210 Nunc utriusque excelsa florent
Nomina non tribuenda servis.
  Quos si otiosos tuta sequens timor
213 Forte avocasset rebus ab arduis,
Qui mortuos consumpsit ignis,
Nomina non minus obruisset.
216   Caret severus crimine Carnabas
Et laude dignus creditur, haud probro,
Quamvis ferocem caede dextram
219 Tingere nil veritus paterna.
  Odit tyrannos Jupiter, et favet,
Cum quisquam in illos consilium parat:
222 Illosque natis saepe tradit,
Conjugibusve suis necandos.
  O quot, quibusque est plena periculis
225 Sors imperantum! Praecipue quibus
Non civium concors voluntas,
Sed regimen peperere vires.
228   Plebem timeto, qui solio insidens,
Plebi timeris. Fons odii timor
Audere jussit multa multos.
231 Saepe gelu calor excitatur.
  Rarus tyrannus morte perit sua:
Illos veneno cauta necat manus,
234 Hos plebis iratae tumultus,
Hos rigidus gladio satelles.

Multo ille vitam tutius exigit,
237 Quicunque parvis privus in aedibus,
Nullum timens, nulli timendus,
Pelle sub exigua quiescit.

Actus tertius.

Calpurnia. Nutrix.

Calp.: O di! molestis tollite omen somniis,
Nec sinite, quaeso, pondus ullum tam malis
Inesse visis! Horror artus concutit,
243 Corpusque totum frigidus sudor lavat,
Quoties recordor: mensque nescio quod malum
Praesagit ipsa. *Nutrix*: Alumna, quidnam esse hoc putem,
246 Moesto quod ore, et lacrymis manantibus,
Secreta quaeris, teque nobis subtrahis?
Quae causa fletus? Quisve tam subitus dolor
249 Turbare mentem tam cito potuit tuam?
Potestne flendum quippiam contingere
Nuptae viro, qui pene fortunam regit?
Calp.: Dilecta nutrix, quid mihi instet, nescio:
Sed me misellam mirus invasit timor.
Nutr.: Conceptus unde? *Calp.*: Nil tibi, vel si velim,
255 Celare possum, visa noctis proximae
Me terruerunt. Victa nam postquam dies
Hesterna cessit, noxque nigro tegmine
258 Involvit omnem caeca telluris globum:
Amplexa blandum Caesaris collum mei,
Placida quiete vix resolvi coeperam,
261 Cum mihi repente visus: heu, nutrix mea,
Retine labantem. *Nutr.*: Alumna, habeto animum bonum.
Sopor timores saepe vanos objicit.
264 Narrare perge cuncta, velut occoeperas.
Calp.: Caesar meus, nutrix mea, heu, Caesar meus,
Meus ille Caesar, quo mea innixa est salus,
267 Mihi visus ulnas inter effusus meas,
Jacere multo sanguine et tabo fluens,
Multisque plagis pulcra fossus pectora.
270 Tum mihi quietem subitus excussit timor.
Misera arctius repente complector virum,
Pectusque tento, quaeque somnus finxerat,
273 Vix falsa credo: vix habeo manibus fidem.
Heu quid deorum, talibus visis, mihi
Minatur ira, quidve portendit mali?
Nutr.: Omitte questus, neve nondum urgens malum
Celerare perge. Qui malum timet imminens,
Geminat timendo. Sive nihil instat mali,
279 Fallaxque mentem imago turbavit tuam,
Cur vana veros caussa producet metus?
Seu (quod repellant sancta divum numina!)
282 Mutata Romae fata quid gravius parant,
Tamen haud timendum est. Rite conceptis deos
Mollire votis, thuraque aris omnibus

285 Adolere praestat. Non inexorabilis
Mens est deorum: saepe flectuntur prece.
Quamqam equidem, alumna, instare nil existimo:
288 Sed vana mentes saepe ludunt somnia.
Quam saepe inanis est mihi objectus timor,
Sic somnianti? Nulla inest somno fides.
291 Quis tam vel audax, Caesarem ut petere audeat?
Vel tam impius, petere ut velit patriae patrem?
Quotquot vel error, vel voluntas pertinax,
294 Vel invidia Caesari inimicarat tuo,
Partim verendus perculit Martis furor,
Miranda partim Caesaris clementia
297 Servavit, et servando amicos reddidit.
An ullus ingenio esse tam immani queat,
Debere vitam ut cui suam se intelligat,
300 Illius ipse tentet insidiis caput?
Omitte questus: abjice, ex animo metum.
Venti leves tua dissipabunt somnia.

Cal.: Ita di velint! Utcunque sit, saltem virum
Precabor, ut se contineat hodie domi.
Ubi quid timetur, cautio nunquam nocet.

Chorus: Jam dies Annae rediit Perennae:
O quot in laetis Tyberine, ripis,
Senties lusus hodie venustos?
309 Quot puellarum pedibus premeris?
Candidi quot te juvenes revisent,
Quot senes? Qui dehinc titubante gressu,
312 Saepe siccatis madidi culullis,
Nare de crispa tremulum vibrissent,
Et vacillantes agitent choreas.
315 Di! procul laevum teneatis omen,
Neu mali quicquam sinite evenire,
Quo minus vultu populus sereno
318 Possit antiquos celebrare ritus:
Tuta sed vestro assidue perennet
Roma favore.
321   Nil in humanis stabile est putandum:
Saepe securos inimica lusus
Horrido turbat Nemesis flagello,
324 Grataque in luctus, gemitusque amaros
Gaudia vertit.
   Abstine, ô densa fata nocte virgo,
327 Virgo, quae voces reprimis superbas,
Et feris sceptro nimium potenti
Magna locutos.
330   Romuli te gens colit, et veretur:
Cur premis, qui te venerantur, et qui
Debito addicti tua prosequuntur
333 Numina cultu?

Actus quartus.

Caesar. Calpurnia. D. Brutus.

Caesar: Ne deprecare: turpe me fractum metu
　　Desistere esset. *Calp.:* tam nihil apud te valent
336 Uxoris (eheu!) pene jam exanimis preces?
Caes.: Quid? Somniis me credere tuis postulas?
Calp.: Non: sed timori ut non nihil tribuas meo.
Caes.: At iste solis nititur somniis timor.
Calp.: Finge esse vanum: tribuito aliquid conjugi.
Caes.: Etiam petenti, quod decus laedat meum?
Calp.: Non: sed petenti, quod caput servet tuum.
Calp.: Desine timere. *Calp.:* Audere desine tu prius.
　　Tuaeque si adeo spernis uxoris metum,
345 Movere vatum oraculis minacibus,
　　Periculosam qui tibi hanc lucem admonent.
　　Si spectra, si te auspicia, si fibrae monent
348 Cavere, et hunc meum timorem comprobant:
　　Quid in paratam pertinax mortem ruis?
Caes.: Quando timorem ponere aliter non potes,
351 Ne nos tibi queraris omnino nihil
　　Tribuere, mittatur Senatus in hunc diem.
D. Brut.: Magnanime Caesar, quod tibi verbum excidit?
354 Tene potuisse Barbarorum copias,
　　Nil mente mota, fortiter contemnere,
　　Non posse nunc temnere mulieris somnia?
357 Ubi pectoris vis illa praecellens tui est,
　　Quam sensit olim, quique septeno videt
　　Nilum per arva profluentem gurgite,
360 Quique glaciali colla suppositus polo,
　　Concreta pigro maria sulcat marmore,
　　Et quos Rapaci Rhodanus unda verberat,
363 Galli feroces? O statum deterrimum,
　　Si Caesar orbem, Caesarem mulier regit!
　　Conscende currus, laeta victrix, aureos,
366 Gemmantibusque pervehitor urbem rotis:
　　Totius orbis sola domitorem domas,
　　Veteres triumphos Roma nunc sileat suos,
369 Et militaris conticescat gloria:
　　Invictus armis Caesar hodie vincitur.
　　Quid, Caesar, animi patribus credis fore,
372 Si te jubente convocatos jusseris
　　Abire nunc, redire, cum Calpurniae
　　Meliora sese objecerint insomnia?
375 Vade potius constanter, et nomen cape
　　Parthis timendum: aut, hoc minus si te juvat,
　　Prodito saltem, atque ipse patres mittito:
378 Ne negligi se, aut ludibrio haberi putent.
Caes.: Incertus animi, et huc et illuc distrahor,
　　Qualis per aequor concitum bacchantibus
381 Deprensa ventis fertur incerto ratis
　　Agitata cursu. Pellit illinc Africus
　　Creber procellis, Eurus hinc, illinc Notus.

384 Sic me hinc tuae, Calpurnia, inflectunt preces,
   Hinc dicta Bruti. Sed tamen quando semel
   Vel cadere praestat, quam metu longo premi:
387 Non si trecentis vocibus vatum avocer,
   Non si ipse voce propria praesens Deus
   Moneat pericli, atque hic manendum suadeat,
390 Me continebo. Desine, uxor, conqueri.
   Eamus: omnis jacta nobis alea est.
Calp.: Abiit, mea nil dicta moratus.
393 Di, qui Romae geritis curam,
   Quo vos fas est eumque vocari
   Nomine, si vos manibus puris,
396 Menteque casta semper colui,
   Servate meo in Caesare Romam.
Chorus: Creditur vulgus muliebre nunquam,
399 Consili micam dare profuturi,
   Sed rapi affectu, penitusque sana
      Mente carere:
402 Sed tamen si quis bonus aestimator
   Rem putat recta ratione totam,
   Dicet in multis micuisse magnam
405   Consilii vim.
   Ilion nunquam cecidisset olim,
   Imo adhuc arces Priami manerent,
408 Si Deo plenae Paris audiisset
      Dicta sororis.
   Illa, cum laeta tumidus rapina
411 Raptor ad sedes patrias rediret,
   Dicitur totam, resoluta crines,
      Isse per urbem,
414 Clamitans: turpem procul ire moecham
   Cogite, o Teucri, gerit illa secum
   Moenibus vestris, Phrygiaeque fata
417   Ultima pubi.
   Caede jam campos video madentes:
   Jam ferox gnatus Thetidos marinae
420 Hinc et hinc strages geminat, tremenda
      Cuspide pugnax.
   Jamque mutato Simois colore
423 Inficit ripas, galeasque secum
   Volvit, et fortis madidas juventae
      Sanguine cetras
426 Ah dolor! Sanctas etiamne ad aras,
   Exuis vitam, genitor, senilem?
   Nec vel Herceus cohibet furentem
429   Jupiter iram?
   Haec, et his multo cecinisse plura,
   Dicitur quondam furibunda vates:
432 Sed dolor Phoebi vetuit superbos
      Credere Troas.
   Pertinax quisquis sibi credit uni,
435 Ceteros spernens melius monentes:
   Ille, si coeptis pereat sub ipsis,
      Jure peribit.

Actus quintus.

Brutus et Cassius.

Brut.: Spirate cives! Caesar interfectus est;
Ille, ille, Caesar, patriae terror suae,
Hostis senatus, innocentum carnifex,
441 Legum ruina, publici juris lues:
Cujus rapinas nuper, et libidines
Agnovit orbis totus, et perpessus est.
444 In curia, quam oppresserat, oppressus jacet.
Cass.: En, Roma, gladium adhuc tepentem sanguine:
En, dignitatis vindicem dextram tuae.
447 Impurus ille, qui furore nefario,
Rubieque caeca te, et tuos vexaverat,
Hac, hac manu, atque hoc, hocce gladio quem vides,
450 Consauciatus, et omnibus membris lacer,
Undam cruoris et animam evomuit simul.
Brut.: Ite, ite, cives, convolate in curiam:
453 Mentem novo saturate jam spectaculo.
Immanis ille latro, qui regnum sua
Jam spe vorarat, patriae oppressae incubans,
456 Anima probris plena omnibus spoliatus est.
Ite, et cadaver illud obscoenum feris
Date laniandum, quo feram absumant ferae.
Cass.: Erymanthium perculerit Alcides aprum,
Hydramque flammis pertinacem extinxerit,
Lapsumque caelo, iterumque caelo redditum
462 Confecerit leonem: in uno corpore
Sexcenta nobis monstra debellata sunt.
Si strenuis justus datur factis honos,
465 Tua, Brute, fastos ampliabit gloria.
Brut.: Quicunque mente patriam saeva premit,
Suosque cives subdit, ut servos, sibi,
468 Dum blandientis jam tenet summum rotae,
Ipsosque pene temnit aequalis deos:
Simul atque versus cessat astrorum favor,
471 Et constitutas tempus adduxit vices,
Cadit, suoque ceteros casu monet,
Virtute dempta, ne quid aeternum putent.
Cass.: Sic, sic tyranni debitas poenas luant,
Nunquamque sicca finiant vitam nece.
Eamus hinc, et editam Capitolii
477 Scandamus arcem. Roma tandem libera est.

Calpurnia. Chorus.

Calp.: Eheu, quis aures nuncius tetigit meas,
Cecidisse dira Caesarem Bruti manu?
480 O somniorum jam nimis veram fidem!
Sic misera quondam Troici conjux senis,
Quam somniarat, tulit, et experta est facem.
483 O, quae dolori verba sufficient meo?
Dehisce terra, meque miserandam abripe,
Aut vos nefandi parricidae, huc, huc cito

486 Venite gressu, quoque ferro conjugem
　　Meum necastis, me, me eodem tollite.
　　Secunda vestras hostia exspecto manus.
489 Cupide madentem conjugali sanguine
　　Jugulo mucronem, aut pectore excipiam meo.
　　Nondum litasti, Brute, perficito sacrum.
492 Nondum peremptus Caesar est: pars illius
　　Maneo superstes. Non meus vitam tibi
　　Vir denegarat: ne mihi mortem nega.
495 Moriar semel, quo desinam toties mori.
　　Aut tu, doloris turba nostri particeps,
　　Dum languidus paullatim animus absumitur.
498 Et membra linquens tabida, petit Caesarem,
　　Adjunge moestam fletibus vocem meis.

Chorus: Aetheris alti lugeat orbis:
501 Tuque o radiis incincte caput,
　　Volucris splendens arbiter anni,
　　Propera pulcros abdere vultus.
504 Tu quoque falsae dominator aquae,
　　Valido terram concute sceptro.
　　Omnia moerorem patefaciant.
507 Ille subactae gloria terrae,
　　Nunc repetiti gloria caeli,
　　Uno Caesar Jove patre minor
510 Liquit terras.
　　O impuri! o illaudati!
　　Quorum sacrilega manus potuit
513 Tantum mundi extinguere lumen.
　　Quae vobis sint supplicia satis?
　　Quis taurus, quae rota, quis gladius,
516 Possit vestrum aequare furorem?
　　Vobis tellus, vobis aether,
　　Vobis deneget unda quietem:
519 Vos ultrices agitent furiae:
　　Una cruentis agitet flagris;
　　Altera tetro coquat igne genas;
522 Tristes alia objiciat colubras,
　　Quae se vestro sanguine pascant:
　　Stygia donec sede receptos
525 Laniet rostro vultur adunco.
　　Vexet iniquum Aeolidae pondus,
　　Et supplicii quidquid acerbi
528 Sceleratos exagitat manes.
　　At tu, nostri causa doloris,
　　Multum flete, et multum flende,
531 Hos bone planctus accipe, Caesar.

Caesar: Quid caelitum me fletis adjunctum choro?
　　Non luridi me stagna Cocyti tenent,
534 Sed templa caeli; non malignae me furor
　　Tetigit cohortis; ipsa jam genitrix manu
　　Me collocarat inter astrorum globos.
537 Simulacra tantum nuda dilaniata sunt:
　　Nec ipse cecidi: umbra cecidit tantum mea.

Desinite flere: lacrymae miseros decent.
540 Qui me furenti (vera praemoneo Indiges)
Sunt animo adorti, non inultum illud ferent.
Heres mene virtutis, ut sceptri mei,
543 Nepos sororis, arbitratu pro suo
Poenas reposcet. Ponite modum luctibus.
Ego ad alta caeli tecta stellantis feror.
Calp.: Unde, quaeso, vox ad aures ista pervenit meas?
En, sonum, marite, dulcem vocis agnosco tuae.
Non iniqua te peremit parricidarum manus:
549 Vivis, et receptus astris, laetus assides Jovi.
Quo soles, bonus, favore perge complecti tuos.

Chorus: Sunt manes aliquid: cumque diem ultimum
552   Adduxit fera mors, est aliquid tamen,
    Quod vitat Libitinam,
    Exstructosque fugit rogos.
555 Id si, dum vegetat membra, datum sibi
    Vitae curriculum puriter egerit,
    Nec se turpificarit
558   Impuris scelerum notis.
    Mox, ut corporeo carcere liberum est,
    Rursus sidereas convolat in domos,
561   Qua Saturnia lacte
    Signavit proprio viam:
    Atque illic, numero coeliculum additum,
564   Caelesti ambrosiae gramine vescitur,
    Et carchesia sacri
    Plena nectaris ebibit.
567 Haec olim haud dubie praemia vos manent,
    Quicunque innocuo pectore simplices
    Virtutemque tenetis,
570   Et canam colitis fidem.

Finis.